ŒUVRES DE PAUL FÉVAL

LA REINE des ÉPÉES

ALBIN MICHEL, ÉDITEUR

LA REINE DES ÉPÉES

SEULE EDITION DES ŒUVRES DE
PAUL FÉVAL
SOIGNEUSEMENT REVUE ET CORRIGEE

Les Merveilles du Mont-Saint-Michel.
Les Etapes d'une Conversion : I. *La Mort d'un père.*
— II. *Pierre Blot.*
— III. *La Première communion.*
3e récit de Jean.
— IV. *Le Coup de Grâce*, dernière étape.
Jésuites !
Pas de divorce !
La Fée des Grèves.
A la plus Belle : I.
— II. *L'Homme de Fer.*
Château pauvre, voyage au dernier pays breton.
Le dernier Chevalier.
Frère Tranquille : I.
— II. *La Fête du Roi Salomon.*
La Fille du Juif Errant. — Le Carnaval des Enfants.
Le Château de Velours.
La Louve : I.
— II. *Valentine de Rohan.*
L'Oncle Louis : I.
— II. *Les Belles de Nuit.*
Le Loup Blanc.
Le Mendiant noir.
Le Poisson d'Or.
Le Régiment des Géants.
Les Fanfarons du Roi.
Le Chevalier de Kéramour : I.
— II. *La Bague de Chanvre.*
Le Chevalier Ténèbre.
Les Couteaux d'or.
Les Errants de Nuit.
Fontaines-aux-Perles.
Les Parvenus.
La Reine des Epées : I.
— II. *Chérie !*
Les Compagnons du Silence : I.
— II. *Le Prince Coriolani.*
Une Histoire de Revenants : I.
— II. *L'Homme sans bras.*
Roger Bontemps : I.
— II. *Le Rôdeur gris.*
La Chasse au Roi : I.
— II. *La Cavalière.*
Le Capitaine Simon. — La Fille de l'Emigré.
La Quittance de Minuit : I.
— II. *Les Libérateurs de l'Irlande.*
L'Homme du Gaz.
Corbeille d'Histoires.
Chouans et Bleus.
La Belle Etoile.
La Première aventure de Corentin Quimper.
Contes de Bretagne.
Romans enfantins.
Veillées de la Famille.
Rollan Pied-de-Fer.
Le Maçon de Notre-Dame.

Tous droits de reproduction et de traduction réservés pour tous les pays, y compris la Suède, la Norvège, la Hollande, le Danemark et la Russie.

PAUL FÉVAL

LA REINE DES ÉPÉES

SEULE ÉDITION REVUE ET CORRIGÉE

ALBIN MICHEL, ÉDITEUR

PARIS — 22, RUE HUYGHENS 22 — PARIS

LA REINE DES ÉPÉES

I

LE MOT DE PASSE

Sur le flanc gauche du Graben, cette belle et large rue qui suit la ligne des anciens fossés de Stuttgard et qui fait l'orgueil légitime de tous les sujets du roi de Wurtemberg, se trouve un quartier noir et peuplé outre mesure, dont les maisons grimpent, le long de petites rues étroites et tortueuses, jusqu'à la cathédrale. Dans les dictionnaires, on lit, à l'article *Stuttgard*, que la seule partie de la ville qui soit digne d'être visitée par le voyageur intelligent se compose de deux faubourgs, dont les maisons sont fort bien alignées. Il faut respecter l'avis des dictionnaires; néanmoins, il est certains esprits qui, à Stuttgard, tout en considérant avec intérêt les grandes rues neuves ornées de restaurants à prix fixe et de magasins de bonneterie, n'ont pas honte de visiter aussi ces quartiers pauvres et dépourvus d'alignement, où se rencontrent les chers vestiges de la vie d'autrefois, où le passé renaît pour le rêveur, où l'imagination reconstruit, à l'aide d'une façade chancelante, d'une tourelle oubliée, d'une girouette de fer épargnée par miracle au sommet d'un pignon, tout ce merveilleux et sombre ensemble des cités catholiques.

La principale rue de ce quartier qui a nom Abten-Strass (rue de l'abbaye) et qui descend, à travers mille détours, jusqu'aux bords encaissés du Nesenbach, est bordée dans toute sa longueur de maisons qui présentent leurs pignons aux passants, et quand on y voit arriver devant soi une bande d'étudiants au cou nu, à la poitrine découverte, à la barbe pointue, aux cheveux longs flottant sur les épaules, on pourrait se croire en plein moyen-âge.

C'était vers le commencement de l'automne de l'année 1820. Le Graben était désert depuis longtemps; la voix monotone et endormie du guetteur venait de crier deux heures après minuit, tandis que deux sons de trompe, lugubres et prolongés, accompagnaient le double coup frappé par le battant de l'horloge royale. Il faisait chaud, et pas un souffle de vent ne passait sur la ville assoupie; les réverbères fumeux, placés à de trop larges intervalles, achevaient de brûler leur mauvaise huile et n'éclairaient guère que la tôle de leurs lanternes. Il y avait bien une heure que l'homme du guet, dormant debout suivant l'ancienne tradition de sa confrérie, n'avait rencontré âme qui vive.

Au coup de deux heures, un bruit lointain de pas se fit entendre au delà des limites du Graben, et l'écho apporta le son des bottes ferrées grinçant contre le pavé.

— Gute Nacht ! grommela l'homme du guet par habitude.

Personne n'était là pour lui rendre sa courtoisie. Les nuits allemandes sont si pleines de fantômes que le bon guetteur continua paisiblement son somme, pensant bien que ces bottes ferrées invisibles et retentissantes chaussaient des pieds de revenants. Mais il s'éveilla tout à fait en arrivant à l'extrémité orientale du Graben, devant le grand restaurant d'u *Mérite militaire* dont les fenêtres demi-closes laissaient échapper de joyeuses lueurs et de gais murmures à travers leurs draperies rabattues.

L'eau vint à la bouche du vieux soldat du guet.

— Si l'on mettait dans une tasse tout ce qui reste là-haut au fond des verres, pensa-t-il avec mélancolie, je boirais un bon coup, et ces dignes seigneurs n'en souperaient pas plus mal!

— Que fais-tu là, Daniel? dit une voix creuse derrière lui, tout à coup.

Le vieux guetteur se retourna et trembla en s'appuyant à la hampe de sa longue et inoffensive hallebarde. La clarté douteuse du réverbère prochain lui montrait inopinément deux personnages dont aucun bruit n'avait trahi l'approche. Tout à l'heure, le vieux guetteur avait rêvé de fantômes. Les fantômes étaient-ils venus?

Les deux nocturnes promeneurs se tenaient bras dessus bras dessous. Leurs visages et leurs tournures présentaient un plein contraste. Tous les deux portaient des costumes d'étudiant, mais ces costumes différaient autant que leurs personnes mêmes.

Car il y avait et il y a encore deux costumes dans les universités d'Allemagne : le costume du mélodrame et le costume de la comédie, les habits du joyeux enfant et le déguisement lugubre du philosophe en herbe qui s'abrutit avec des sophismes et de la bière, qui pâlit sur les rêvasseries matérialistes et qui conspire à vide vingt-quatre heures par jour. L'Allemagne fut toujours la patrie de ces fous tristes et fatigants dont le moindre tort est d'être ennuyeux comme un in-quarto germanique.

L'étudiant au costume sinistre était grand, maigre, blême, et possédait une voix de basse-taille. Il portait la redingote allemande, raide sous les aisselles comme une armure de fer, les larges braies de la Souabe antique et la chemise ouverte. Il n'avait d'autre coiffure que ses cheveux inspirés, c'est-à-dire vierges de cette souillure que le peigne fait subi. chaque jour aux perruques des civilisés.

Son camarade était gros, rond, court, joufflu, il avait un petit dolman sur les épaules, de grosses bottes par dessus son pantalon collant, et sur sa tête une toque bariolée de diverses couleurs. L'étudiant farouche se nommait Baldus. L'étudiant gai avait nom Bastian.

Et leur réunion offrait un symbole assez frappant de l'état des universités allemandes sous la Restauration. Les Universités se séparaient alors en deux classes : les *Camarades* et les *Compatriotes*. Les politiques, les philosophes, bourreaux de Dieu, avaleurs de rois, se réunissaient dans une association qui comprenait tout le système universitaire allemand et qui portait le nom de *Burschenschaft* (famille des Camarades).

Il est inutile de dire que les Camarades et leur « famille » n'étaient point d'accord entre eux sur les détails de doctrine : ce qu'ils voulaient, c'était jouer au jeu des révolutions; ils s'entendaient tous sur cet article capital.

Les autres étudiants, qui prétendaient étudier dans le sens pratique du mot, et se divertir aussi suivant le penchant de leur âge, formaient des associations particulières, moins vivement poursuivies par la police des souverains tudesques, mais qui n'avaient pas non plus les

coudées très franches. Ces associations portaient le titre
commun de *Landsmannschaft* (famille des Paysans ou des
Compatriotes).

C'étaient, en général, des associations d'études et de
bombances. Il y avait bien quelques petits mystères, car
l'étudiant d'outre-Rhin a pour la chair de poule les
mêmes tendresses que nos francs-maçons de Paris; mais
enfin, les mœurs du Compatriote étaient tout autres que
celles du Camarade. En politique, il ne connaissait que
les chansons et n'assassinait presque jamais Kotzebue.

Pour trouver le vrai compagnon d'Université dans toute
la poésie naïve et batailleuse de son caractère, il fallait
franchir le seuil d'une famille de Compatriotes et se faire
recevoir *Renard* ou conscrit dans le sanctuaire des
grandes pipes et des grandes épées. L'air y était épais, la
bière lourde; la gaieté ne s'y chauffait pas d'un bois précisément attique; mais il y avait là de la franchise, de la
jeunesse, du cœur et de l'honneur.

Au bas bout de la table, sur la plus méchante escabelle,
vous avisiez le nouveau débarqué, timide et triste, regret-
tant encore l'aile de sa mère, mais ayant appris à dédai-
gner tout ce qui était *Philistin*, c'est-à-dire tout ce qui
n'était pas étudiant. Cet enfant, ce plastron, victime éter-
nelle des « brimades » scolastiques, nous l'avons nommé :
c'était le Renard.

Un peu plus loin, le *Renard enflammé* montrait déjà
les promesses de ses moustaches; il avait mis un peu de
hâle sur le rose trop féminin de ses joues et avait conquis
le premier galon universitaire.

Puis venait la *Jeune Maison* (Dieu sait où ils allaient
pêcher leurs titres!) La jeune Maison avait oublié le vil-

lage, la jeune Maison portait comme il faut le dolman fanfaron et les éperons d'acier. Encore un semestre d'études, de chansons et de duels, la jeune Maison devenait *vieille Maison*, puis *Maison moussue*, ce qui était le comble! La Maison moussue avait droit au titre vénérable de *Renard d'or*.

Chacun pouvait franchir ces différents degrés, par le seul fait de sa présence aux cours et à la taverne : c'était une affaire d'ancienneté; mais il y avait d'autres honneurs qui ne se gagnaient pas si facilement.

Au-dessus de ces compagnons, vieillis dans la poussière des cabarets et des écoles, il y avait de brillantes existences, dont la gloire, éclatant comme un coup de tonnerre, s'était faite en un jour. A ceux-là, on ne demandait point la date de leur entrée dans la famille, dont ils formaient l'état-major : c'étaient les *Renommistes* ou les *Crânes*.

Pour arriver à cette noble position de Crâne, il fallait passer par l'épreuve de l'un des trois *scandale* (1), à savoir le *bier-scandal*, le *scandal pro patria* et le *scandal-contra* (sous-entendu *Philistinos*).

Pris en ce sens, le mot *scandal* peut se traduire par combat à outrance. Le *bier-scandal* était la lutte des chopes jusqu'à ce que le vaincu, mort ou bien malade, tombât sous les pieds chancelants du vainqueur; le *scandal pro patria* était le tournoi entre étudiants; il avait lieu seulement par permission expresse des Anciens, et lorsque

---

(1) Locution universitaire qui renferme à la fois les idées d'*épreuves*, de *bagarre* et de *haut-fait*.

la ville était trop étroite pour contenir deux Crânes d'égale renommée. Le *scandal-contra* se renouvelait plus souvent et atteignait presque toujours des proportions tragiques : c'était la croisade de messieurs les étudiants contre les officiers de l'armée, leurs ennemis naturels.

Enfin, au-dessus des Crânes eux-mêmes, on respectait, notamment à l'Université de Tubingue, dans le royaume de Wurtemberg, les Epées (*Degen*), consuls qui étaient élus au nombre de trois par l'Assemblée des Maisons ou Anciens, et qui gouvernaient la république des Compatriotes.

Il y avait déjà du temps que Bastian, notre étudiant gras et gai, suivi de Baldus, notre étudiant triste et maigre, se promenait à la belle étoile.

Baldus était un Camarade politique, et si nous lui donnons un petit coin dans ce tableau, c'est que la vérité force le peintre à mettre le charbon parmi la verdure. Bastian était un Compatriote ennemi de l'ennui. Bastian et Baldus étaient partis d'une taverne située au centre de la ville vieille pour se diriger vers le Graben. Tous deux avaient quelques pots de bière dans l'estomac et de la fumée de tabac plein la cervelle.

— Ah! ça! disait Bastian, si tous les Camarades de l'Université de Vienne te ressemblent, frère Baldus, on doit s'y morfondre d'ennui. Ici, nous dansons, nous courons à cheval entre Stuttgard et Tubingue, et, pour nous reposer, nous chantons le *Gaudeamus*... Mais parlons plus bas; nous approchons du Graben, et si nous voulons savoir au juste quel est ce Philistin, il est bon de ne nous point faire arrêter au préalable par les patrouilles de la garde du roi. Le conseil des Anciens m'a confié une mission, je t'ai choisi pour m'aider : soyons prudents!

— Ce n'est donc pas parce que cet homme m a fait chasser de ma patrie, dit Baldus avec amertume, que le conseil des Anciens s'occupe de lui?

— Non, répondit Bastian; c'est parce que cet homme a regardé Chérie à la promenade du soir, dans le jardin du roi.

— Et qu'importe cela? dit Baldus, qui s'arrêta indigné.

— Ce que cela importe! s'écria Bastian avec une chaleur soudaine; ce que nous importent l'honneur et le bonheur de notre petite reine, de notre fille?... Ami Baldus, tu viens de loin et cela t'excuse... Mais si tu parles jamais de Chérie devant nos frères, souviens-toi de cet avis-là : ne demande plus ce qu'importe la moindre des choses qui la regardent!

— C'est donc un fétiche? murmura Baldus.

— C'est Chérie, répliqua le gros Bastian, qui était devenu sérieux. C'est notre gloire et c'est notre amour! Donc, si tu veux vivre en paix au milieu de nous, mon frère, respecte notre Chérie ou fais semblant de la respecter.

— Voici la seconde fois que tu me dis quelque chose de pareil, murmura Baldus en secouant ses longs cheveux. En sortant de la taverne, tu me disais : « Si tu veux vivre en paix au milieu de nous, frère, aime Frédéric ou fais semblant de l'aimer. » En somme, qu'est-ce que cette Chérie et qu'est-ce que c'est que ce Frédéric?

On apercevait la lanterne de Daniel le guetteur, qui venait de s'arrêter devant le restaurant du *Mérite militaire*. Bastian mit un doigt sur sa bouche.

— C'est la reine et c'est le roi! répliqua-t-il à voix basse. Demain, à la fête des Arquebuses, tu les verras tous les deux. Autour de Chérie, il y aura cent épées. Frédéric n'en a qu'une, mais elle vaut les cent autres. Viens çà, Baldus, et retiens ta langue!

Ils s'avancèrent à pas de loup vers le guetteur, et ce fut Bastian qui lui frappa sur l'épaule en disant :

— Que fais-tu là, vieux Daniel?

— Daniel, répéta aussitôt Baldus, saisissant au vol cette occasion de déclamer un peu, pauvre créature, à quoi penses-tu?

— Je ne pense à rien, meinherr, répondit le guetteur sans hésiter.

— Daniel, Daniel, poursuivit Baldus, les autres dorment, toi tu veilles! les autres reposent, toi tu marches! Pauvre paria d'une civilisation égoïste, te voilà loin de ta femme et de tes enfants, tout seul dans les rues abandonnées! A quoi penses-tu, Daniel?

Bastian allumait paisiblement son énorme pipe de porcelaine à la lanterne du guetteur.

— Eh bien! meinherr, c'est vrai, dit Daniel en se ravisant, je pensais à quelque chose. Je pensais que ma gorge s'est desséchée à crier les heures et le temps qu'il fait... Je pensais que j'avais envie de boire un bon coup.

Il leva la main vers le premier étage du restaurant et ajouta :

— Ce n'est pas l'embarras, si je leur demandais rasade par la fenêtre, je suis bien sûr qu'ils m'enverraient plutôt une bouteille qu'un verre, car ce sont de dignes seigneurs, ceux-là, entendez-vous! Ils ne chantent peut-être pas les mêmes chansons que vous, et ils n'ont pas à la bouche des phrases dix fois longues comme ma hallebarde; mais ils ouvrent volontiers leur bourse en passant auprès d'un vieux soldat et lui disent en bon allemand : « L'ami, voici pour boire à la santé de la vieille Allemagne! »

— L'aumône! murmura Baldus avec dédain.

— Il n'y a point d'aumône, mon maître, répliqua le vieillard, quand la main qui donne presse fraternellement la main qui reçoit. J'ai porté le mousquet, ils portent l'épée : que Dieu les garde! A l'âge où je suis, je ne deviendrai jamais assez savant pour préférer bonne langue à bonne lame!

— Tiens! dit Bastian, tu n'es donc plus le compère des étudiants, toi, vieux Daniel!

Le guetteur lui tendit la main, que Bastian secoua cordialement.

— Vous, dit-il en souriant, vous êtes le meilleur buveur de bière de toute la Souabe : je vous estime... Si fait, si fait, mon maître, j'aime les étudiants. Passé minuit, ce sont mes seuls compagnons de veille; je ne rencontre plus qu'eux par les rues et j'écoute leurs pas joyeux en me disant : « Ils sont jeunes! ». C'est si bon, la jeunesse! Et tenez, au commencement de ce printemps, je me détournais tous les soirs de mon chemin pour voir quelque chose qui me réchauffait le cœur. C'était là-bas, dans le quartier de l'Abbaye, au coin d'Abten-Strass, devant cette vieille masure que vous appelez, vous autres, la maison de l'Ami. Vers dix heures, un jeune homme, presque un enfant, qui avait de grands cheveux blonds bouclés sous sa petite casquette, montait des rives du fleuve et suivait la rue en songeant. Il s'arrêtait au même endroit toujours, il regardait toujours la même fenêtre derrière laquelle une lueur pâle se montrait. Il attendait : bien souvent la fenêtre ne s'ouvrait point. Mais quelquefois, quand l'air de la nuit était tiède et doux, les deux battants de la croisée grinçaient sur leurs gonds et une blonde tête d'ange apparaissait sur le balcon...

— Chérie! murmura Bastian, qui s'était rapproché.

Baldus haussa les épaules avec colère.

— Oui, oui, Chérie, répéta le vieux guetteur, qui souriait et se complaisait à ce souvenir; celle que vous nommez votre reine et qui est plus belle que toutes les reines. Quand elle venait là, respirer l'air des nuits, le pauvre étudiant, au lieu de faire un pas en avant, se reculait tout tremblant contre la muraille. Ah! c'est pur et gentil comme les petits princes des anciennes légendes, où il y a des fées... moi, je m'arrêtais dans ma route pour le regarder si timide et si beau... Jamais il n'a parlé...

— Frédéric? murmura Bastian, dont le regard interrogeait le guetteur.

Celui-ci ne répondit point et poursuivit d'un accent rêveur :

— Hier, à la promenade, il y en avait un autre qui tournait aussi ses regards vers la reine Chérie. Je ne sais pas lequel est le plus beau, de l'étudiant aux blonds cheveux ou du soldat au brillant uniforme; je ne sais pas lequel est le meilleur...

— Tu le connais donc, celui-là, Daniel? demanda Bastian vivement.

Le vieux guetteur jeta un coup d'œil vers les fenêtres éclairées du *Mérite militaire*.

— Y a-t-il un homme dans Stuttgard qui ne le connaisse pas? répliqua-t-il : c'est le plus brave et le plus

2

noble de nos soldats. Le caprice des chambellans, des conseillers et autres gens de cour l'avait éloigné de son pays, mais notre nouveau roi l'a appelé de l'exil...

— C'était à Vienne qu'il était, n'est-ce pas? demanda encore Bastian, qui échangea un coup d'œil avec Baldus.

— Oui, à Vienne. Et l'empereur d'Autriche voulait le faire général, pour le garder auprès de lui; et il a répondu à l'empereur : « Sire, j'aime mieux être soldat dans mon pays, qu'ailleurs maréchal d'empire! » — Et tenez, dit le vieux guetteur en s'interrompant au milieu de son enthousiasme, et en prêtant l'oreille à un grand bruit qui se faisait derrière les draperies closes de la taverne, si vous voulez le voir, vous n'avez qu'à regarder; car la fête est finie, et voici les officiers des chasseurs de la garde qui vont regagner leurs logis.

La porte du restaurant du *Mérite militaire* s'ouvrit en effet à ce moment, et l'état-major des chasseurs de la garde sortit éclairé par les garçons de la taverne.

— C'est lui! murmura Baldus entre ses dents serrées.

— C'est lui! répéta Bastian.

— Holà! cria une voix sur le trottoir, la voiture du colonel baron de Rosenthal!

Un coup de fouet retentit à l'angle en retour du Graben et une élégante calèche montra ses deux lanternes blanches. Celui qui était en tête des officiers et qui portait avec une merveilleuse noblesse un des plus brillants costumes de l'armée wurtembergeoise, donna des poignées de main à la ronde (1).

---

(1) L'armée Wurtembergeoise a pris l'uniforme prussien.

— C'est tout de même un bien bel homme que ce Philistin-là! murmura Bastian.

— A vous revoir, messieurs et amis, dit le baron de Rosenthal en soulevant son chapeau à plumes. Je n'ai jamais mieux senti la bonté du roi qu'en ce moment, où il me permet de vous serrer les mains et de vous dire : A vous revoir, messieurs et amis, nous ne nous séparerons plus!

Les chapeaux à plumes s'agitèrent au-dessus des têtes; il y eut un hourra discrètement contenu en l'honneur du colonel, et la brillante calèche descendit au grand trot la montée du Graben.

L'état-major des chasseurs de la garde se dispersa dans toutes les directions; personne n'avait aperçu nos deux étudiants, protégés par l'ombre des maisons.

— Bonne nuit, messieurs, leur dit le vieux Daniel, dont la taille se courba de nouveau, et qui reprit, appuyé sur sa hallebarde, sa marche somnolente le long des trottoirs du Graben.

Bastian dit à Baldus :

— Je sais ce que je voulais savoir... à la maison de l'Ami!

Et les deux étudiants s'engagèrent aussitôt dans ces rues tortueuses et enchevêtrées qui montent vers Abten-Strass.

Ici la scène change et nous entrons dans le pays des mystères. A peu près au milieu d'Abten-Strass, à l'angle d'une de ces ruelles sans nom qui tournent sur elles-mêmes et font de cet étrange quartier un véritable dédale, une haute maison s'élevait. Sa toiture pointue, surmontée de monstres volants, ses gouttières fantasques et les balcons gothiques qui saillaient à tous les étages lui donnaient une date certaine.

Cette maison était vieille comme le vieux nom des ducs de Wurtemberg. La porte cochère était close; au premier étage, on apercevait une lueur faible à travers l'étoffe des rideaux. Tout au bout de la maison, dans un enfoncement profond, une porte basse s'ouvrait à demi.

Le regard, plongé sous cette voûte exiguë, apercevait vaguement comme des ténèbres visibles. C'était un reflet sombre jouant sur les murailles rugueuses d'un long corridor.

Dans ce couloir, personne ne se montrait, et le passant curieux qui se fût arrêté par hasard devant cette poterne entr'ouverte eût fatigué ses yeux à percer le mystère de ces demi-ténèbres. Alentour, toutes les maisons étaient silencieuses.

Des nuages épais et gris allaient lentement au ciel. La lune attardée, et achevant son dernier quartier, dépassait à peine la ligne de l'horizon et montrait son croissant rougeâtre à l'extrémité orientale d'Abten-Strass. Pas un souffle de vent ne bruissait dans ces ruelles où les tempêtes nocturnes trouvent de si sonores échos. Les pignons gothiques s'alignaient à perte de vue et penchaient en avant leurs hautes lucarnes, qui semblent pendre au-dessus du vide. L'oreille saisissait çà et là des échos de pas lointains, et l'on ne voyait personne.

Il faut aller dans les vieilles villes d'Allemagne pour admirer ces paysages urbains, si bizarres aux rayons de la lune, qu'on se prend à déplorer, en les contemplant, la pauvreté de l'imagination des poètes. Là, tout prête à ces vagues terreurs qui sont chères à notre nature, amie des choses surhumaines; ce n'est plus le milieu vivant où nous respirons sous le soleil, c'est une mise en scène fantastique, qui appelle les visions, et ne demande qu'à se peupler de spectres.

On comprend là, bien mieux encore que dans la campagne allemande, le génie particulier de cette littérature qui cherche tous ses effets dans le noir et dont les plus vives lumières dépassent rarement la pâle clarté d'un rayon de lune. On comprend ces légendes et ces ballades, ces morts qui vont vite, ces ondines blanches qui glissent dans la brume argentée.

On comprend aussi, par une intuition plus indirecte, cette exaltation froide des têtes germaniques, cette folie pénible et laborieuse, cette philosophie qui semble une gageure insensée, ces rêves malades qui sont des cauchemars!

Tout est sombre : l'atmosphère grise enveloppe la ville comme un suaire; la lune qui rase l'horizon semble un grand œil unique et triste, ouvert pour regarder les mélancoliques ténèbres.

L'airain chante les heures avec accompagnement de cor, au haut des vieilles cathédrales; la voix monotone du crieur répète, comme un écho affaibli, le cri du temps qui passe : puis vient le silence, pareil à la mort.

Je vous le dis, cette poésie, monotone et belle, ces systèmes audacieux, ces impiétés, ces superstitions, ces songes scientifiques qui laissent loin derrière eux les songes des chercheurs d'or au moyen âge, tout ce qui est enfin l'Allemagne intellectuelle, tout cela c'est l'ouvrage de la nuit.

La lampe travaille, ou la lune. La science allemande, la philosophie allemande, la religion allemande, ce sont des cauchemars que le grand jour éblouit.

Mais le génie est si beau, qu'il faut admirer même le génie de l'Allemagne.

Trois heures de nuit venaient de sonner à l'église de l'Abbaye. Vers la partie basse d'Abten-Strass, sous un réverbère qui allait s'éteindre, deux ombres silencieuses passèrent. En même temps, ces étranges bruits de pas dont l'écho allait courant par la ville semblèrent se rapprocher de toutes parts. Au fond des ténèbres éclairées de ce corridor qui suivait la petite porte à demi-ouverte, on put entendre un léger mouvement. Un homme enveloppé dans un manteau et qui portait la casquette bavaroise rabattue sur les yeux, se montra tout au bout de la galerie et marcha vers la porte.

Au lieu de franchir le seuil il s'arrêta derrière la porte et se blottit dans l'angle formé par l'épais montant de pierre. Il s'adossa à la muraille; son manteau s'entr'ouvrit et l'on put voir sa main gauche qui s'appuyait sur une longue épée nue.

Il attendit; les deux ombres qui montaient Abten-Strass vinrent droit à la porte. Avant d'entrer, les deux ombres regardèrent avec soin autour d'elles pour voir si nul œil indiscret n'était ouvert aux environs. C'étaient des étudiants qui portaient le dolman élégant, la toque voyante et l'étroit pantalon des membres de la famille des Compatriotes : dangereux costume pour couvrir des aventures de nuit. Ils étaient tous les deux très jeunes et ne pouvaient réussir à plaquer sur leurs joyeux visages cet air grave qui convenait à la circonstance.

— Je crois que c'est ici, murmura l'un d'eux; il me semble bien reconnaître la Maison de l'Ami.

— Il fait noir comme dans un four, répondit l'autre; maître Hiob devrait bien faire la dépense d'une lanterne pour éclairer la porte de son logis!

Celui qui avait parlé le premier longea la muraille et se prit à palper de la main les montants de pierre qui du haut en bas étaient chargés de sculptures gothiques; des montants sa main glissa à la porte elle-même, armée de larges bandes de fer forgé que retenaient des clous à la tête large comme un écu.

— Toutes les portes de ces prisons se ressemblent, grommela-t-il; mais il est l'heure et j'aperçois une lumière là-bas...

— A la grâce de Dieu! répliqua son compagnon; nous ne pouvons pas rester dehors comme des pleutres, entrons!

Ils entrèrent de front et reculèrent aussitôt d'un commun mouvement, parce que leurs mains étendues en avant venaient de rencontrer la lame nue d'une épée.

— Qui va là? prononça une voix sourde dans l'ombre.

— Tout beau! s'écrièrent les deux jeunes gens à la fois.

— Je suis Karl! ajouta l'un.

— Je suis Mikaël! dit l'autre.

— Deux Renards! gronda la voix; j'en étais sûr! On ne fera jamais rien de propre avec ces étourneaux-là. Avancez à l'ordre, chacun à votre tour, et dites le mot de passe.

Karl fit un pas vers le sombre gardien et murmura à son oreille :

— Frédéric!

— C'est bon, dit le gardien, qui le prit par l'épaule et l'envoya se cogner contre le mur opposé. A l'autre.

Mikaël se pencha et prononça à son tour le nom de Frédéric.

— Et que venez-vous faire dans la Maison de l'Ami? demanda la sentinelle.

— Nous venons écouter ce que diront les Anciens, répondit Karl de cette voix que prennent les enfants pour réciter leur leçon.

C'était une leçon, en effet, car la demande et la réponse étaient réglées par le *Comment*, ce code fameux des associations d'étudiants en Allemagne.

— Passez, dit la sentinelle, dont le titre officiel est « le gardien de l'honneur ».

Les deux jeunes gens s'engagèrent en tâtonnant dans le corridor où la lumière avait complètement disparu. Pendant une minute, on entendit leurs pas incertains qui hésitaient sur les dalles; puis un bruit soudain se fit, et le gardien, qui attendait ce moment, lâcha sa grande épée pour se serrer les côtes.

— Patatras! fit-il, les voilà dans la cave! Quand les Renards ne se cassent pas le cou à ce jeu-là, je ne connais rien de tel pour les former!

Des bottes ferrées sonnèrent sur le pavé au dehors, le gardien n'eut que le temps de reprendre son glaive. A dater de ce moment, ce fut une véritable procession. Des hommes qui, pour la plupart, cachaient leurs visages dans les plis de leurs manteaux, tournaient silencieusement l'angle d'Abten-Strass, franchissaient le seuil de la Maison de l'Ami, glissaient à l'oreille du gardien le mot *Frédéric*, et passaient. Le gardien les comptait.

Il paraît que les premiers venus, ce pauvre Karl et ce pauvre Mikaël, étaient les seuls qui ne connussent point les êtres de la Maison de l'Ami, car il n'y en eut point d'autres à tomber dans la cave, cette nuit-là.

Tous suivaient d'un pas assuré le ténébreux corridor. Quand ils arrivaient au bout, on entendait un bruit qui ressemblait fort à celui que fait en s'ouvrant la serrure d'un cachot : une lourde porte roulait sur ses gonds grinçants, une échappée de lumière inondait un instant le corridor, puis la porte retombait avec un fracas sourd et la nuit revenait.

Toujours la même chose.

Quand le gardien eut compté vingt-quatre, et que le dernier venu lui eut jeté en passant ce nom : Frédéric, qui ouvrait comme un talisman l'entrée de la Maison de l'Ami, le gardien ferma la porte basse à double tour et prit le même chemin que ceux qu'il avait successivement introduits.

A cet instant-là même, l'entrée principale de la Maison de l'Ami s'ouvrait tout doucement et un petit vieillard en robe de chambre et en pantoufles se présentait pour être introduit. En dedans du seuil, il y avait un autre petit vieillard également revêtu d'une robe de chambre et chaussé de pantoufles, qui, en outre, était coiffé d'un beau bonnet de coton bleu rayé de blanc.

— Fidèle au rendez-vous, monsieur l'inspecteur! dit le vieillard de l'intérieur à son hôte.

— Bonsoir, maître Hiob, bonsoir, répliqua l'inspecteur, ne me laissez pas dehors, je vous prie, car j'ai mes douleurs de reins, et les nuits se font fraîches.

— On n'entre dans la Maison de l'Ami qu'avec le mot

d'ordre, prononça maître Hiob, qui sous son bonnet de coton blanc et bleu était un gai gaillard; avez-vous le mot d'ordre, monsieur l'inspecteur?

— Frédéric! répondit celui-ci, qui fit un geste d'impatience.

Le flambeau que tenait maître Hiob faillit lui tomber des mains.

— Comment savez-vous?... commença-t-il en se rangeant pour laisser passer son hôte.

— Je sais, maître Hiob, cela suffit, répliqua l'inspecteur sèchement; nos bons petits enfants sont-ils en séance?

— Le dernier vient d'arriver.

— Leur avez-vous fait savoir adroitement que cet excellent baron de Rosenthal nous était revenu de Vienne?

— Oui, meinherr.

— Eh bien, maître Hiob, cet excellent baron a si rudement malmené les étudiants d'Autriche, que nous aurons quelque bon *scandal* à son occasion, je l'espère.

— Il n'y a point de bon *scandal* sans Frédéric, répliqua maître Hiob, et Frédéric n'est pas ici.

L'inspecteur, qui était également conseiller, banquier et receveur général, s'appelait meinherr Muller.

Il eut un petit sourire machiavélique et monta l'escalier.

— Maître Hiob, dit-il en s'arrêtant sur la dernière marche du premier étage, mon illustre patron, le comte Spurzeim, qui est le premier diplomate du monde, m'a donné quelques leçons. Le proverbe : *On ne s'avise jamais de tout*, est fait pour les gens du commun. Moi, je n'oublie que les choses dont il me plaît de ne pas me souvenir. J'ai envoyé un courrier de cabinet au village où ce jeune coquin de Frédéric a reçu le jour. Nous l'aurons, et si le *scandal* nous débarrasse à la fois de Frédéric et du colonel, je vous enverrai deux barils de marcobrunner, maître Hiob.

Il venait de s'engager dans le corridor du premier étage et passait devant une porte dont la peinture toute fraîche jurait énergiquement parmi les tons crasseux du reste des murailles.

L'inspecteur s'arrêta; son visage ridé prit une expression de tendresse langoureuse.

— C'est là qu'elle respire! murmura-t-il. Un homme n'est pas vieux à soixante ans, n'est-ce pas, maître Hiob? et l'âge mûr a encore de beaux jours; il faut que vous m'aidiez à supprimer ce Frédéric pour que j'obtienne la main de la jeune divinité de mon cœur!

On entendit comme l'écho lointain d'un chant; maître Hiob ne répondit que par un signe de tête franchement affirmatif, et les deux vieillards, pressant le pas, s'élancèrent ensemble vers l'extrémité du corridor.

Ce corridor répondait exactement à celui d'en bas où nous avons vu naguère s'engager tous ces inconnus qui donnaient pour mot d'ordre au gardien de la petite porte le nom de Frédéric. La chambre qui terminait le corridor répondait de même à cette pièce du rez-de-chaussée dont l'huis s'était successivement refermé en laissant échapper de vifs rayons de lumière sur les vingt-quatre compagnons. Les deux vieillards entrèrent dans cette chambre qui terminait le corridor, et tout aussitôt les chants de l'étage inférieur éclatèrent à leurs oreilles, comme s'ils eussent été au beau milieu de la réunion même.

C'était une maison très curieuse que la Maison de

l'Ami, et ces gens du rez-de-chaussée qui cherchaient si ardemment le mystère avaient eu en la choisissant la main heureuse. Au centre de la chambre du premier étage, il y avait une sorte de tambour grillé, ressemblant à peu près à ces bouches de chaleur qui sont dans nos églises; ce tambour était l'orifice d'un répétiteur acoustique : tout ce qui se disait au rez-de-chaussée, on l'entendait au premier étage.

Auprès du tambour, deux fauteuils attendaient l'inspecteur et maître Hiob, car il fait bon d'être à son aise pour écouter. Ils s'assirent et maître Hiob souleva un peu les deux côtés de son bonnet blanc et bleu pour dégager le conduit de ses oreilles.

Pendant que nous y sommes, achevons de dire au lecteur tout ce qui se trouvait dans cette curieuse Maison de l'Ami. Il y avait d'abord la femme de maître Hiob, discrète personne, assez vieille et très laide, qu'on appelait dame Barbel. Dame Barbel était chargée de garder un trésor renfermé dans cette chambre à la porte peinte à neuf devant laquelle le conseiller inspecteur avait roucoulé ces poétiques paroles : « C'est là qu'elle respire! »

Cette chambre ne ressemblait guère au reste de la maison. Une lampe-veilleuse l'éclairait seule en ce moment. Ce n'était pas assez pour que l'œil pût saisir les détails exquis de son ameublement, mais la lumière confuse laissait voir les plis gracieux des draperies aux couleurs douces, la forme charmante des meubles et le luxe harmonieux des tentures.

Tout cela était jeune, tout cela était frais, et c'était merveille quand on venait à penser qu'une simple muraille séparait tout cela de la vieille maison poudreuse et enfumée. Le contraste rendait ce réduit mille fois plus mignon. A le voir, on songeait involontairement aux miracles des féeries, à ces portes tournantes qui se trouvent dans d'affreux caveaux, que l'on ouvre en prononçant des paroles magiques, et qui montrent, derrière leurs noirs battants, tout un monde d'éblouissements et de prestiges.

La lampe-veilleuse était placée sur une table qui touchait à un lit entouré d'une fine draperie de mousseline. Sur le lit, il y avait une jeune fille endormie.

Et c'était à la jeune fille surtout que nous pensions lorsque nous parlions de trésor, de féeries et de merveilles. La lueur douce de la lampe tombait sur ses traits si réguliers et si charmants à la fois, qu'on eût dit l'incarnation du rêve des poètes.

Elle sortait à peine de l'enfance; son sourire était tout parfumé de candeur; elle dormait et semblait regarder le ciel à travers ses belles paupières closes.

En dormant, on eût dit qu'elle priait, et sans doute elle implorait Dieu pour quelqu'un, car un nom vint jusqu'à ses lèvres d'où le sourire s'enfuit pour faire place à la tristesse.

Un nom que tous les échos de la maison mystérieuse devaient, à ce qu'il semble, répéter cette nuit :

— Frédéric!...

Il y avait dans l'harmonie de ce pieux murmure une tendresse de sœur.

II

LE RENARD D'OR

La fête des Arquebuses du village de Ramberg est célèbre dans toute l'Allemagne du sud-ouest. Les fils de la Souabe antique sont grands amateurs d'exercices du corps. Ils ont, comme presque tous les Germains d'origine, d'énormes prétentions à l'adresse. Ramberg est un gros bourg situé sur le Neckar, à égale distance de Stuttgard et de Tubingue, dans la direction de la Forêt-Noire. Les maisons du village sont perchées au sommet d'une colline couverte de cette belle végétation qui fait du Wurtemberg le jardin de l'Allemagne, et les ruines de l'ancien château fort, résidence abandonnée des barons de Ramberg, élèvent encore au-dessus des maisons leurs murailles colossales drapées dans un manteau de lierre.

Au pied de la colline coule le fleuve qui s'en va serpentant le long d'une délicieuse vallée.

L'université principale du royaume de Wurtemberg a son siège à Tubingen, qui est à peine séparée de Stuttgard par trois heures de marche. Au temps où se passe notre histoire, les étudiants avaient choisi Ramberg pour tenir leurs réunions de plaisir ou leurs batailleuses assises. Il y avait à Ramberg, comme à Stuttgard et à Tubingue, une *maison de l'Ami* et derrière cette maison, qui était le domaine de l'Université, une grande et belle taverne portait pour enseigne un animal d'espèce assez problématique, aux poils hérissés, à la queue large comme un plumet de tambour-maître, et entre les pattes duquel on lisait cette légende : AU RENARD D'OR.

Les habitants du bourg de Ramberg professaient un grand respect pour messieurs les étudiants. Ils se regardaient comme les vassaux indirects de l'université de Tubingue. Les réunions d'étudiants qui se renouvelaient sans cesse amenaient aussi les agents de la police royale et cela modérait la joie des bonnes gens de Ramberg.

En somme, paysans et paysannes vivaient partagés entre deux sentiments : l'amour de cette belle jeunesse qui fournissait au village son revenu le plus net, et la crainte des bagarres qui mettaient trop souvent le pays sens dessus dessous. On n'y jurait c   r les étudiants, mais on tremblait au seul nom de la police; et quand les officiers des régiments royaux prolongeaient leur promenade jusqu'à Ramberg et s'y arrêtaient pour faire collation, les Rambergeois se demandaient toujours si la dernière heure du village n'allait point sonner.

C'est que les échos de cette charmante colline avaient répété tant de chansons séditieuses! Paysans et paysannes étaient assurément innocents de cela; mais quand la police allemande fait du zèle, tout le monde y passe.

Il y avait de vieux Rambergeois qui étaient prophètes et qui disaient qu'un jour venant, les conseillers privés insultés, les ministres outragés, les chambellans vilipendés ne laisseraient pas à Ramberg pierre sur pierre. On parlerait en ce temps de Ramberg comme de ces villes qui furent l'admiration du vieux monde et qui ne sont plus que des ruines.

Ce jour, 3 septembre 1820, c'était grande et double fête au village de Ramberg. Première fête : depuis deux semaines on avait envoyé des crieurs dans tout le Wurtemberg, la Bavière, le Tyrol et le pays de Bade, afin de convoquer les chasseurs adroits au tir de l'arquebuse, qui devait avoir lieu sur la place de l'Eglise. Le temps était superbe; dès la veille au soir, les concurrents étrangers étaient arrivés leur arme sur l'épaule; et à part les auberges qui étaient encombrées, il n'y avait guère de maison qui n'eût à loger pour le moins trois ou quatre hôtes, cette nuit.

. Il en était deux pourtant qui ne logeaient personne : l'auberge du *Renard d'or* et la Maison de l'Ami, toutes deux fiefs directs de l'université de Tubingue. Ceci regardait la seconde fête. — Cette seconde fête avait été fixée au même jour que le tir des arquebuses par une autorité qui n'était point celle du bourgmestre de Ramberg; on ne l'avait pas annoncée si longtemps à l'avance. La nuit précédente seulement dans toutes les villes et dans tous les bourgs du ressort de l'Université de Tubingue où se trouvaient les étudiants en vacances, il s'était passé quelque chose d'absolument semblable à ce que nous avons vu naguère dans le vieux quartier de l'Abbaye, en la ville de Stuttgard. Partout le même mystère avait régné. A quoi bon? nous n'en savons trop rien, mais il n'était point de bourgade où la réunion des Camarades ne se fût faite après minuit sonné.

De toutes ces réunions, la plus importante avait dû être celle d'Abten-Strass, puisque Stuttgard fournissait, à lui seul, la sixième partie des étudiants de Tubingue. Le discret maître Hiob et l'inspecteur Muller auraient pu nous dire quelles matières importantes on avait traitées dans ce conclave, où chaque membre s'engageait au secret sous les serments les plus redoutables. Il nous importe seulement de savoir qu'à Stuttgard, comme ailleurs, on avait convoqué le ban et l'arrière-ban des écoles pour le lendemain, 3 septembre, à la Maison de l'Ami de Ramberg.

Il s'agissait de disputer le prix de l'arquebuse, de fêter la rentrée solennelle des cours et de procéder à l'admission des recrues que le nouvel an scolaire amenait. Tel était le programme apparent; mais c'eût été là, vous en conviendrez, une fête bien calme et bien fade pour les Maisons-moussues de Tubingue; aussi, d'un bout à l'autre du ressort de l'Université, avait-on annoncé discrètement en dehors du programme, qu'il y aurait un bel et bon *scandal*.

Quel *scandal?* car certains crânes voulaient qu'on leur mit le point sur l'*i*, — un *scandal-contra* de la plus recommandable espèce!

Dès le matin, tout était en fièvre dans le village de Ramberg, l'église protestante sonnait à toutes volées et pavoisait son digne clocher, rond et lourd comme un bourgeois engraissé de bière : sur la place on mettait la dernière main aux préparatifs du tir. A deux cents pas mesurés minutieusement on enfonçait les fourches de la première barre, à trois cents pas on dressait la seconde, à quatre cents pas la troisième, celle des raffinés et des maîtres. Aux côtés de chaque barre, des faisceaux d'armes étaient formés.

A droite et à gauche s'élevaient des estrades surmontées de bannières où se lisaient toutes sortes de devises en grand style, car les Allemands ont conservé le culte classique, malgré les écarts puissants de leurs poètes. Nous nous souviendrons toujours d'avoir déchiffré au fronton d'un théâtre prussien cette enseigne hyper-académique :

Musagetœ heliconiadumque choro!

Vis-à-vis des barres, à l'autre extrémité de la place, se dressait un grand mât, bariolé de rouge et d'or. La tête du mât disparaissait au centre d'une galerie de drapeaux; quatre fils d'archal décrivant une légère courbe tombaient du sommet à la base; ils étaient destinés à maintenir les oiseaux servant aux menus jeux qui précèdent le tir.

Au pied du mât, à hauteur de poitrine, une plaque de tôle ronde divisée en six cercles concentriques offrait à son milieu une aiguille d'acier présentant sa pointe. Le coup plein ou *maître coup* devait enfiler la balle sur l'aiguille sans la tordre et sans la briser.

Tout Ramberg était déjà sur la place où meinherr Mohl, à la fois menuisier et bourgmestre, activait l'achèvement des estrades. Il était en bras de chemise, et la sueur ruisselait de son front. Tant qu'il ne vit sur la place que des Rambergeois, il mania le rabot d'un sens assez rassis; mais lorsqu'il aperçut les premiers groupes d'étrangers déboucher derrière l'église, son visage changea.

— Mes amis, mes amis, dit-il à ceux qui l'entouraient, ne dites pas que je suis le bourgmestre. Tout à l'heure, je vais aller mettre ma perruque et mon costume, et je représenterai dignement notre localité.

On s'occupait bien de maître Mohl et de son costume! La place de Ramberg est une sorte de belvédère qui domine tout le paysage environnant; sur toutes les routes, qui serpentaient comme de longs rubans d'or dans la vallée verte, inondée de soleil, on voyait au lointain des points noirs qui se mouvaient, qui avançaient : c'étaient de nobles cavalcades escortant des calèches découvertes, c'étaient des caravanes de paysans montés sur leurs chevaux de labour, c'étaient des voyageurs à pied, l'arme sur l'épaule, qui abrégeaient le chemin en chantant. Et tout cela, belles dames et cavaliers, paysans et voyageurs, tout cela venait à Ramberg, qui était en ce moment comme le centre de l'Allemagne!

C'est à des heures pareilles qu'on est fier d'être Rambergeois!

— Allons, Niklaus, disait maître Mohl, allons, mon fils, ton maillet est-il de liège? Enfonce-moi ce pieu, afin que je ne sois point damné par impatience!

Niklaus était en train de causer, et n'en allait pas plus vite.

— Combien y en a-t-il chez vous, Lisela, ma commère? demanda-t-il à une belle grosse femme qui étalait au gai soleil son visage rubicond et souriant.

— Dix, mon compère Niklaus, et huit chez Lottchen, ma sœur.

— Et onze chez nous, reprit Niklaus.

Cinq ou six charpentiers cessèrent de raboter et de

clouer, pour dire l'un après l'autre ou tous ensemble :
— Chez nous, six!... Chez nous, neuf!... Chez nous, quinze!

Maître Mohl essuyait son front baigné de sueur.

— Oh! mes doux amis, mes doux amis! suppliait-il, je souhaite que vous en ayez chacun le double, car l'hospitalité est une vertu, et chaque étranger vaut un florin par jour, mais vous ne voudriez pas me déshonorer, n'est-ce pas, mes bons enfants? Enfonce ton pieu, Niklaus! Assure la banquette, Moriss! Consolide ce gradin qui ne tient pas, Michas!... Et surtout, maintenant que voici les étrangers autour de nous, ne dites pas que je suis votre bourgmestre!

Niklaus, Moriss et Michas n'en perdaient pas un coup de langue.

Dans les maisons voisines, on entendait les musiciens, membres de l'orchestre, qui répétaient leur partie; les échos des bosquets environnants renvoyaient les coups de feu des tireurs qui essayaient leurs armes, car ce nom de fête des Arquebuses est une appellation antique. Les prétendues arquebuses, au moment de la lutte, se changent en fusils de chasse pour les uns, en excellentes carabines pour les autres. Toutes les armes sont admises au concours, moyennant deux conditions : la première est un examen sous le rapport de la sécurité; la seconde oblige le tireur qui se sert d'une arme particulière à la prêter, sur simple réquisition, à quiconque la réclame parmi ses compétiteurs déjà classés.

Les seules arquebuses qui se voient sur le lieu de la lutte sont deux énormes machines placées pour la forme aux deux côtés de la troisième barre, qui sont lourdes, presque impossibles à manier, et que l'homme le plus robuste aurait grand'peine à mettre en joue.

C'était la première estrade de gauche que le bon maître Mohl, bourgmestre de Ramberg et menuisier de son état, achevait avec tant de zèle; cette estrade appartenait à messieurs les étudiants. Comme la fille de maître Mohl avait épousé un aubergiste, comme messieurs les étudiants faisaient vivre les aubergistes de Ramberg, on ne peut dire combien maître Mohl, malgré son respect pour les autorités constituées, vénérait messieurs les étudiants.

Cependant, le bruit et le mouvement augmentaient de minute en minute sur la place de l'église. A chaque instant on entendait dans la foule des voix joyeuses qui constataient l'arrivée de nombreux étrangers.

— L'inspecteur Muller vient de descendre aux Quatre-Nations, criait avec triomphe la servante joufflue de cet établissement; l'inspecteur conseiller-receveur Muller de Stuttgard!

— A l'Aigle rouge, répondait un garçon de cet hôtel, on a retenu des lits pour le comte Spurzeim, conseiller privé honoraire, pour la comtesse Lenor, sa pupille, et pour son neveu, le noble baron de Rosenthal, colonel des chasseurs de la garde!

Ceci fit grand effet. Le comte Spurzeim passait pour être très riche, c'était une des illustrations du haut pays, et il avait occupé je ne sais quel poste important dans la diplomatie impériale; la jeune comtesse Lenor était la perle de la cour, et quant au baron de Rosenthal nous savons que son exil, causé par une méchante petite intrigue de cabinet lui avait donné une popularité véritable.

Mais ces noms de gentilshommes et de hauts fonctionnaires, qui étaient lancés d'un bout de la place à l'autre, ne tinrent pas contre l'annonce de l'arrivée de messieurs les étudiants. Maître Mohl lui-même fit trêve à son ardent travail, pour écouter deux jeunes filles qui accouraient tout essoufflées de l'autre côté de l'église.

Ils étaient là, les fiers jeunes gens, dans la cour de la Maison de l'Ami; ils s'étaient rencontrés au bas du coteau, sur la rive du fleuve, les uns venant de Stuttgard, les autres de Tubingue, les autres de Louisbourg et d'ailleurs, tous à pied, excepté les douze cavaliers qui escortaient la calèche à quatre chevaux de la reine Chérie.

— Et si vous saviez, disait la petite Luischen, comme elle est jolie, cette année, la reine!

— Et comme elle a de beaux chevaux! reprenait Annette, et comme sa calèche brille aux rayons du soleil!

— Ils sont plus de trois cents! dit Luischen en coupant, comme c'est l'usage, la parole à sa compagne; il y en a qui se sont attelés à la calèche de la reine pour gravir le coteau.

— Et les autres étaient derrière, s'écria la petite Annette, saisissant le moment où Luischen reprenait haleine, et ils criaient : « Hourra pour notre reine Chérie! »

Maître Mohl demanda son habit; il ne pouvait pas rester menuisier un instant de plus!

— Mes bons enfants, dit-il, je vais aller mettre ma perruque. Ce que je vous recommande spécialement, c'est l'estrade de messieurs les étudiants. Et quand je vais reparaître tout à l'heure, avec mon costume, ne bavardez pas sur mon compte, et n'allez pas dire aux étrangers : « Vous voyez bien ce maître Mohl, le bourgmestre, c'est lui qui était là, en menuisier, avec une chemise de grosse toile, et le rabot à la main. »

La foule frémissante ne l'écoutait même pas. On attendait le coup de dix heures, qui devait donner le signal officiel de la fête; on regardait les tribunes se remplir lentement et les bourgeois, armés de longues-vues, interrogeaient le lointain des routes, pour annoncer les premiers à voix haute et intelligible le nom des nobles arrivants.

Enfin, l'heure tant désirée tomba du clocher pavoisé. Une salve de mousqueterie éclata, tandis que l'orchestre rassemblé jetait dans les airs son premier accord. Au sommet du mât on hissait les trois bois de cerfs et les trois lions couronnés de Wurtemberg.

En même temps, sous le royal écusson, se déployait une écharpe d'or, premier prix offert par sa Majesté le roi en personne. Le second prix qui était un saphir, monté en bague chevalière, avait été donné, comme chacun le savait bien, par la reine Chérie. Le troisième prix enfin, dû à la municipalité rambergeoise, consistait en un baril de vin du Rhin, suspendu au mât par des rubans de mille couleurs.

Les tribunes étaient pleines, on ne traversait déjà plus la place de l'Eglise qu'avec une extrême difficulté et maître Mohl venait de reparaître coiffé de sa perruque officielle, dont les marteaux retombaient sur son magnifique frac municipal. Quant il fut monté, il salua l'assemblée avec une grâce mêlée de tant de dignité, que personne n'aurait deviné ses récentes occupations. Et les arbalètes d'aller; c'était en quelque sorte une petite pièce avant la grande.

Pendant que les arbalètes allaient, l'inspecteur Muller, gagnant son estrade, apercevait maître Hiob dans la foule au bras de dame Barbel, sa compagne, et lui faisait signe d'approcher. Maître Hiob rejoignit son patron, et celui-ci lui dit à l'oreille.

— Est-ce fait?

— On a donné rendez-vous à M. de Rosenthal pour huit heures et demie, répondit maître Hiob.

— De la part de la petite reine?

— Oui, monsieur l'inspecteur.

Ce fut tout; meinherr Muller tourna le dos, et maître Hiob reprit le bras de sa femme. Meinherr Muller était un coquin, quoique inspecteur, maître Hiob aussi.

En tournant le dos, Muller se trouva face à face avec un petit vieillard encore plus poudré que lui, lequel tenait à son bras une ravissante jeune fille. Ce vieillard était évidemment à Muller ce que Muller lui-même était à maître Hiob. Il le dominait, il l'écrasait. Muller, tout inspecteur qu'il était et conseiller et banquier, et receveur, disparaissait littéralement devant la splendeur de ce vieillard.

Ce vieillard était un type de conseiller privé, quelque chose de fini, quelque chose de parfait; une figure effacée et grisâtre, aux traits immobiles submergés sous une vaste coiffure à l'oiseau royal, une bouche qui voulait fermement être fine et qui cherchait le sourire de Voltaire, un œil éteint et couvert comme l'œil de M. de Talleyrand, un nez fallacieux comme le nez de M. de Metternich. Un type, sur notre honneur et sur le sien! le type délicat, le type choisi de ces diplomates d'Allemagne qui font de l'art pour l'art, et passent leur vie à réaliser cet axiome du maître des diplomates, lequel se moquait d'eux : « La

parole a été donnée à l'homme pour cacher sa pensée. »
Fiers petits hommes! grands comiques qui pèsent de la
moitié du poids d'un moucheron dans la balance des
destinées européennes!

A son aspect, Muller courba l'échine comme s'il avait
eu une charnière à la chute des reins.

— Monsieur le comte! murmura-t-il. Madame la comtesse!...

— Bonjour, monsieur l'inspecteur, bonjour, dit le
petit vieillard de ce ton que Muller prenait lui-même lorsqu'il disait : « Bonjour, bonjour, maître Hiob. »

Alentour, on murmurait :

— Voici le conseiller privé, comte Spurzeim et la
belle comtesse Lenor sa pupille!

Ce nom de Spurzeim était prononcé avec beaucoup
d'emphase. Personne n'aurait su dire précisément pourquoi monsieur le comte était un homme illustre, mais
c'était un homme illustre.

— Monsieur l'inspecteur, reprit-il tandis que Muller
exécutait devant Lenor une seconde courbette, figurez-
vous que nous sommes devenus des sauvages. Nous ne
savons plus rien là-bas dans nos montagnes. S'il vous
plaît, comment se porte la cour?

Ce disant, il fit asseoir la jeune comtesse Lenor sur les
gradins, et se plaça derrière elle avec son interlocuteur;
mais, au lieu d'attendre la réponse de ce dernier, il cligna
de l'œil en le regardant, comme s'il eût voulu dire : « Il
ne faut point que ma pupille vous entende! »

En même temps, il prononça tout haut :

— Hermann, mets-toi là, debout derrière la comtesse.

Hermann était un domestique allemand dont la grosse

figure avait des tendances à singer la figure maigre de son maître : même froideur, même morgue sceptique, un peu de niaiserie par-dessus tout cela. Hermann se mit debout derrière la comtesse, et sa corpulence forma un rempart bien capable de protéger la conversation secrète de l'inspecteur et du conseiller privé honoraire.

— Ah çà! reprit le comte en changeant de ton, un bruit assez étrange est venu jusqu'à nous, dans nos montagnes : Le ministère va sauter le pas! Rosenthal ne me dit rien, mais puisque le voilà revenu, mes bons amis, gare à vous!

Muller fixa ses petits yeux gris sur son diplomate en chef, et le sourire qu'ils échangèrent contenait toute la science de Machiavel : toute!

— J'ai le plus profond respect pour le colonel baron de Rosenthal, votre neveu, murmura Muller à la suite de ce regard.

Il s'interrompit pour ajouter :

— Est-il toujours question de son mariage avec la noble comtesse Lenor?

— Toujours, répliqua le comte Spurzeim, qui ne put retenir une légère grimace.

— Ah! monsieur le comte, fit Muller pathétiquement, vous parlez à un homme qui sait compatir aux souffrances chroniques. J'ai aussi mes douleurs de reins... Mais, reprit-il en baissant la voix, me serait-il permis de demander à Votre Excellence si la comtesse Lenor voit ce mariage d'un bon œil?

— D'un très bon œil, monsieur l'inspecteur, répondit Spurzeim, qui fit une nouvelle grimace.

Muller comprit.

— En ce cas, dit-il avec un sourire content, Votre Excellence pourrait bien être des nôtres...

— Y pensez-vous, monsieur l'inspecteur? s'écria le plus fort diplomate du royaume de Wurtemberg. Rosenthal est mon neveu, je l'ai vu naître, je l'ai fait danser sur mes genoux alors qu'il était tout petit, je...

Le conseiller Muller prit l'audace de lui toucher légèrement le coude. Entre gens si discrets, la demi-expansion de ce geste valait pour le moins la grosse tape que nos bourgeois s'entre-donnent sur le ventre en disant : « Farceur! ah! Farceur! » Le comte Spurzeim ne se fâcha pas. Muller se frotta les mains et ajouta :

— Si Votre Excellence est avec nous, nous resterons en place et le mariage ne se fera pas.

Une grande clameur s'éleva. On couronnait le vainqueur au jeu de l'arbalète. Un instant le vide s'opéra autour des barres, tandis que l'on élevait sur un brancard l'adroit triomphateur.

En ce moment, et sans que personne eût remarqué son approche, un personnage qui fixa sur le champ l'attention de tous parut au milieu de la place; il était monté sur un magnifique cheval bai et suivi d'un piqueur également à cheval. Nul dans la foule n'aurait su dire son nom; il portait le costume pittoresque des chasseurs de la Forêt-Noire, le chapeau à plume renversée, le manteau court sur une casaque attachée à la taille par un ceinturon de cuir, la culotte de chamois collante et les bottes molles, armées d'éperons d'acier.

Il maniait son cheval fougueux en écuyer accompli; sa taille haute était remplie de vigueur et d'élégance. Quand il sauta sur le sable de l'arène, en jetant la bride de son cheval à son piqueur, il y eut un mouvement dans la foule, qui s'approcha, curieuse. Quand il souleva les larges bords de son chapeau montagnard, un murmure d'admiration s'éleva. C'était encore un jeune homme, il pouvait avoir trente ans à peine; sa figure régulière et hardie s'encadrait dans une forêt de cheveux noirs bouclés; son teint brun et trop pâle faisait harmonie avec l'ébène de sa fine moustache tombante; il avait des yeux noirs brillants et calmes, de ces yeux qui appellent le danger et dont le regard ne se baisse jamais.

Sans s'inquiéter de ce que devenait son piqueur avec les deux chevaux, l'inconnu alla tout droit vers la troisième barre, où se tenait le maître arquebusier dans l'exercice de ses fonctions. Il fit le tour des faisceaux d'armes et sembla choisir de l'œil une carabine.

Les jeunes gens de Ramberg le regardaient avec une sorte de crainte; les jeunes filles pensaient déjà qu'il allait remporter le prix.

Mais ce n'étaient pas seulement les garçons et les jeunes filles de Ramberg qui s'occupaient du bel inconnu. Depuis le commencement de la fête, la comtesse Lenor était restée sur son banc de velours, immobile et froide comme une jolie statue. Au moment où le cavalier s'était montré tout à coup au milieu de la place, la comtesse Lenor avait tressailli. Maintenant ses joues pâles perdaient et reprenaient tour à tour un coloris léger, et ses yeux ne voulaient plus quitter son éventail.

Hermann, le domestique allemand qui était derrière elle, s'était retourné à demi et avait fait un signe à son maître. Le bon petit comte Spurzeim, imité en cela par Muller, avait mis aussitôt le binocle à l'œil. Puis, les deux vieillards avaient échangé une œillade souriante et savante.

— Quand on joue contre les fous, murmura le diplomate fort, on marque toujours comme cela un point ou deux avant le commencement de la partie.

— Eh! eh! fit Muller, en principe, Votre Excellence a certainement raison, mais dans l'espèce, il y a un peu de bien joué. C'est moi qui l'ai conduit ici tout doucement par la main.

— Ah! diable? murmura le comte avec un point d'interrogation.

Muller se mit à lui parler à voix basse, et, tout en causant, ils gardaient leurs binocles braqués sur la troisième barre et les faisceaux d'armes.

— L'ami, disait en ce moment le chasseur de la Forêt-Noire au maître arquebusier, est-il encore temps d'entrer en concours?

— Il est toujours temps, meinherr, quand on a l'œil bon et la main sûre.

Cet e réponse provoqua un rire approbateur parmi les Rambergeois, qui s'étaient rapprochés et formaient décidément le cercle autour de l'inconnu. Les Rambergeoises, au contraire, la trouvèrent fort impertinente. L'inconnu prit une lourde carabine et la retira du faisceau. Il fit jouer la batterie d'une main exercée, visa le canon et éprouva la crosse contre son épaule. Ce faisant, et sans y penser, il s'était approché de l'estrade, et, pendant qu'il laissait descendre la baguette dans le canon, sa botte s'appuya sur le premier gradin.

— Holà! mon maître, s'écria Niklaus d'un air insolent,

ces banquettes-là ne sont pas faites pour les semelles de vos pareils!

L'inconnu le regarda. Son pied ne bougea pas. Il retira la baguette et la remit en place. Les garçons de Ramberg murmurèrent.

— Si ces messieurs les étudiants venaient, dit Michas, il y aurait de quoi rire, et celui-là danserait comme il n'a jamais dansé de sa vie!

— Cette estrade est donc à messieurs les étudiants? demanda le chasseur de la Forêt-Noire, dont le pied froissait comme à dessein le velours de la banquette.

— Oui, mon maître, répliqua Niklaus, et je les entends qui viennent!

— C'est bien, dit l'inconnu froidement.

Et son pied changea de place sur la banquette en marquant une large traînée de poussière.

— Nous allons voir si c'est bien, mon maître! gronda Niklaus d'un air menaçant.

A ce moment même, toutes les têtes se levèrent, tandis qu'un *vivat* retentissait dans toute l'étendue de la place.

— Chérie! répétait-on dans la foule; la reine Chérie!

Au sommet de cette estrade dont l'inconnu venait de fouler aux pieds la première banquette, une jeune fille avait pris place sur une sorte de trône entouré de fleurs et de feuillage. Douze étudiants portant le costume de la famille des Compatriotes s'étaient rangés derrière elle, tenant en main les épées de l'Université. Elle était radieuse de grâce et de beauté, cette jeune fille, avec sa robe de mousseline blanche et la guirlande de roses blanches qui était dans ses cheveux blonds : cela faisait toute sa parure.

La comtesse Lenor avait levé les yeux, comme tout le

monde, pour voir ce qui attirait l'attention générale. A peine eut-elle aperçu notre jeune fille qu'elle détourna la tête en souriant avec quelque dédain. Elle était bien elle aussi, la comtesse Lenor. Elle avait le même âge à peu près que Chérie. Il est charmant de voir deux jeunes filles s'entre-sourire et s'aimer. Aussi c'est rare.

Le chasseur de la Forêt-Noire, au lieu de répondre à la menace de Niklaus, se tourna vers le haut de l'estrade et fî un profond salut. Chérie baissa les yeux et devint toute rose. La comtesse Lenor, au contraire, dont le regard inquiet se fixait sur l'inconnu, pâlit subitement.

L'inspecteur Muller toucha une seconde fois le coude de son noble voisin.

— Je vous dis, Excellence, qu'il a du plomb dans l'aile! murmura-t-il en montrant du doigt le bel inconnu.

L'Excellence fit un petit signe d'approbation et donna un coup de pied dans le mollet du gros Bermann, qui toussa en manière de réponse. Manifestement tous ces diplomates de différents degrés machinaient entre eux quelque chose de caverneux!

Cependant Niklaus avait dit vrai : les étudiants venaient, et, par-dessus les têtes de la foule on entendait l'harmonie lointaine de leurs chants.

— Mon maître, dit l'arquebusier à l'inconnu, ce doit être la première fois que vous tirez à la carabine à Ramberg, car si vous étiez venu seulement une fois, vous sauriez comme on traite chez nous messieurs les étudiants de Tubingue!

— Etudiants ou autres, je traite les gens comme il me plaît, répondit le chasseur de la Forêt-Noire, dont le regard hardi ne quittait point Chérie.

— Patience! patience! murmurait Niklaus, nous allons voir le reste!

On distinguait les versets latins du chant des étudiants, qui psalmodiaient ce qu'ils savaient de plus beau en fait d'hymne : pauvres enfants! pauvre pays! Ils disaient sur l'air des obsèques du diable :

> Fratres, gaudeamus
> Juvenes dum sumus;
> Post jucundam juventutem,
> Post molestam senectutem,
> Nos habebit humus;
> Igitur gaudeamus! (1)

Ils arrivaient; la foule s'ouvrait déjà pour leur donner passage. L'arquebusier voyait désormais le chasseur d'un mauvais œil.

— Savez-vous seulement manier cela? lui demanda-t-il brusquement en portant la main sur la carabine.

L'inconnu retint l'arme et regarda en l'air, comme s'il eût cherché quelque oiseau volant au ciel. La foule s'était rompue tout à fait et ouvrait maintenant une large voie : on pouvait apercevoir la cohorte des étudiants de Tubingue, marchant trois par trois et précédés de l'appariteur ou bedeau qui tenait en main la baguette d'ébène.

Suivant la coutume, le premier rang devait être occupé

---

(1) Frères, réjouissons-nous
Pendant que nous sommes jeunes;
Après la douce jeunesse,
Après la triste vieillesse,
On nous mettra en terre;
Donc réjouissons-nous !

par les trois Epées, comme on appelait les chefs élus pour l'année scolaire. Les bonnes gens de Ramberg connaissaient parfaitement ces illustres, et l'on entendait dans la cohue les noms de Frédéric, d'Arnold et de Rudolphe : Frédéric le premier, celui-là était le roi des *Renommists* et le Crâne le plus crâne dont jamais Tubingue eût pu se glorifier.

— Voici Arnold, se disait-on, et voici le grand Rudolphe!

Mais personne ne disait : « Voici Frédéric! » car entre les deux Epées la place d'honneur était vide.

Arnold et Rudolphe étaient deux beaux jeunes gens à l'air gravement fanfaron, de vrais fendants d'école. Nous allions oublier de dire que l'appariteur ou bedeau qui marchait le premier, tête haute et perruque au vent, n'était autre que l'excellent maître Hiob, époux de dame Barbel, compère de l'inspecteur Muller et possesseur de cette mystérieuse maison d'Abten-Strass. où nous avons entrevu Chérie.

— Place! dit solennellement maître Hiob en arrivant auprès de l'inconnu.

Celui-ci ne le regarda même pas.

— S'il y avait quelque corbeau sur le clocher de votre église, dit-il en répondant au maître arquebusier, je vous montrerais d'avance comment je manie cela, bonhomme!

Il caressait le canon de la carabine. Messieurs les étudiants, chose grave assurément, avaient été obligés de s'arrêter court, parce que l'inconnu bouchait l'espace qui était entre la barre et l'estrade. Messieurs les étudiants ne pouvaient passer.

4

— Qu'y a-t-il donc là? criait par derrière la cohorte impatiente.

Arnold et Rudolphe toisaient déjà l'inconnu en fronçant le sourcil.

— Place! répéta maître Hiob, qui eut la fâcheuse idée de poser sa baguette sur l'épaule du chasseur de la Forêt-Noire.

Le chasseur le regarda cette fois, le prit par le bras, sans effort ni colère, et l'envoya tomber les pieds en l'air entre les deux Epées de l'Université. Il y eut un grand frémissement dans la foule. De mémoire de Rambergeois, on n'avait jamais rien vu de semblable, et bien des Philistins avaient eu la tête cassée pour la vingtième partie d'une pareille audace! Elle était si imprévue et si folle, cette insulte publiquement adressée au corps le plus batailleur de l'univers, qu'Arnold et Rudolphe, les deux Epées, restèrent ébahis et muets.

Pendant cela, le chasseur continuait de regarder tout autour de lui avec la sérénité la plus parfaite.

— Je ne vois point de corbeau, reprit-il comme si de rien n'eût été, en s'adressant toujours au maître arquebusier; mais il me semble que j'aperçois là-bas un animal nuisible...

Il étendit le bras par-dessus la tête des étudiants.

— Où ça! demanda l'arquebusier.

— Sur cette enseigne, répondit l'inconnu.

Il montrait du doigt, à perte de vue, par delà l'église et les dernières maisons de la place, l'enseigne du *Renard d'or* qui brillait fièrement au soleil. L'arquebusier demeura ébahi: un frémissement courut les rangs des garçons de Ramberg, et les jeunes filles qui devinaient s'écrièrent en tremblant :

— Ne faites pas cela, meinherr! au nom de Dieu ne faites pas cela!

Une expression de bonne humeur vint au visage de l'inconnu.

— Rangez-vous, je vous prie, mes jeunes messieurs, dit-il en s'adressant aux étudiants.

Arnold d'un côté, Rudolphe de l'autre s'écartèrent d'un commun accord, bien qu'ils n'eussent point échangé une parole. Sur un geste impérieux de leur part, le gros des étudiants les imita.

— Sur votre vie, dit l'arquebusier en s'élançant vers l'inconnu, rendez-moi cette arme et allez au diable!

— Laissez-le faire, prononcèrent en même temps Rudolphe et Arnold, qui étaient pâles tous les deux.

Dans le village de Ramberg, la coutume était d'obéir à messieurs les étudiants; le maître arquebusier regagna sa place en grondant. Le chasseur de la Forêt-Noire abaissa son arme et visa.

— Oh! meinherr! meinherr! criaient les jeunes filles, ayez pitié de vous-même et ne faites pas cela!

— Silence! leur dit Arnold.

Les jeunes filles se turent.

— Etranger, reprit Arnold, qui tâchait de concentrer sa colère, mais dont la voix tremblait, savez-vous que le *Renard d'or* est l'enseigne de l'Université de Tubingue?

— On me l'a dit, mon jeune monsieur, répondit l'inconnu du bout des lèvres.

Le coup de carabine partit et ponctua en quelque sorte sa réponse.

Tous les regards étaient fixés vers la Maison de l'Ami. On vit le *Renard d'or* tomber comme si le tranchant d'un rasoir eût coupé la tige de fer qui le retenait.

Le chasseur de la Forêt-Noire rendit la carabine au maître arquebusier, tandis qu'un cri de terreur s'échappait à la fois de toutes les poitrines.

III

LE COUP DE MIDI

Si le chasseur de la Forêt-Noire avait voulu frapper un grand coup, le succès dépassait ses espérances. L'explosion d'une mine eût fait sauter le clocher de Ramberg, que l'émotion n'aurait pas été plus vive. Un tumulte extraordinaire régnait dans la foule. Les estrades s'étaient levées en masse; la belle comtesse Lenor cachait son visage effrayé derrière les broderies de son mouchoir, et Chérie elle-même était plus pâle que les roses blanches qui couraient en guirlande dans sa merveilleuse chevelure.

— Hein, monsieur le comte! hein! murmura l'inspecteur Muller à l'oreille du diplomate fort.

Celui-ci tournait ses pouces d'un air méditatif.

— Ce n'est pas mal, monsieur l'inspecteur, dit-il; mais la diplomatie serait un jeu d'enfant si l'on avait toujours affaire à des fous de cette espèce... il tire bien!

En dehors des estrades, c'était un brouhaha qui allait grandissant. Ceux qui avaient été témoins de cette provocation inouïe, jetée à la face de l'Université, la racontaient avec un étonnement mêlé d'épouvante. On se pressait; chacun voulait voir le dénoûment de cette redoutable aventure. Car le doute n'était point permis, et pour quiconque connaissait, ne fût-ce qu'un peu, les mœurs universitaires, le chasseur de la Forêt-Noire était condamné à mort.

Les étudiants faisaient maintenant le cercle autour de lui et personne ne pouvait plus entendre les paroles échangées. Mais si l'on n'entendait pas, on voyait, et chacun constatait, avec une sorte d'admiration, que l'inconnu ainsi entouré d'ennemis ne perdait point son calme et fier sourire. Rudolphe était à sa gauche, Arnold était à sa droite. Les pourparlers ne durèrent pas une minute.

— Je sais ce que vous êtes en droit d'exiger de moi, mes jeunes messieurs, dit le chasseur de la Forêt-Noire, qui entama lui-même l'explication. En cette saison, la nuit tombe vers sept heures, et ma soirée n'est prise qu'à dater de huit heures et demie. En conséquence, si vous voulez que nous tirions l'épée aux flambeaux, comme c'est, dit-on, votre coutume, j'ai une grande heure à vous donner ce soir.

— Comment vous nommez-vous? demanda Rudolphe.

— J'ai nom Albert, répliqua l'inconnu, dont le sourire eut une petite nuance de sarcasme.

— A huit heures, dit Arnold, nous vous attendrons à la place même où est tombée l'enseigne de l'Université. Si vous avez des amis, amenez-les; si vous n'avez pas d'ami, venez seul, vous serez sous la sauvegarde de notre honneur. Vous avez trêve jusqu'à ce soir, hormis le cas où vous tenteriez de fuir.

— A ce soir donc, mes jeunes messieurs, dit le chasseur de la Forêt-Noire, qui souleva son large chapeau et tourna le dos sans autre cérémonie.

Les assistants stupéfaits le virent s'éloigner à pas lents, et plus d'un remarqua qu'il trouva le loisir de lever un regard vers le sommet de l'estrade où cette enfant qu'on nommait la reine Chérie avait les yeux baissés maintenant.

Une fusée volante partit du pied du mât; l'orchestre sonna une vive fanfare, et, du haut des gradins, l'honnête bourgmestre Mohl lança solennellement ces mots :

— Allez, les arquebusiers!

On les avait oubliés, les arquebusiers, et le simple programme de la fête était désormais bien fade auprès de ce drame dont le prologue venait de se jouer devant tous; mais les acteurs de ce drame, puisque drame il y a, étaient rentrés dans la coulisse, et la fête pouvait au moins servir d'intermède. Il fallait donc se résoudre à suivre la fête. L'inconnu flânait autour de la place; messieurs les étudiants étaient gravement assis sur leur estrade, — Allez, les arquebuses!

Depuis un temps immémorial, les étudiants de Tubingue avaient le privilège de gagner le prix aux joutes de Ramberg. Ceci était de fondation, il y avait toujours à l'Université des enfants du Schwartzwald qui soutenaient l'honneur du drapeau.

En France, les premiers tireurs du monde sont les chasseurs de Vincennes; en Angleterre, ce sont les gardes écossais; en Russie ce sont les compagnies de métis; il n'y a pas jusqu'à la Belgique qui n'ait ses *premiers tireurs du monde.*

Dans l'Allemagne du sud-ouest, les premiers tireurs du monde sont les Tyroliens et les montagnards du Schwartzwald ou Forêt-Noire. Les Suisses seuls ont encore plus de réputation qu'eux.

Selon le dire des Tyroliens, des Wurtembergeois et des Suisses, les prouesses qui se font aux tirs de Wurtemberg, du Tyrol et de la Suisse sont tellement miraculeuses qu'on nous taxerait de mensonge si nous tentions de les raconter. Les armes en usage pour ces jeux ne sont généralement point des armes de guerre.

En campagne, on ne pourrait se servir, comme devant la barre, d'une carabine énervée en quelque sorte, et devenue sensible à ce point qu'on la fait partir en soufflant très doucement sur la détente. Il faut une carabine comme cela pour enfiler une aiguille à cinq cents pas.

La délicatesse de nos pistolets de tir n'est rien auprès de cette sensibilité exagérée qui distingue les carabines suisses, par exemple. Pour toucher cette détente sans faire partir l'arme, le tireur suisse est obligé au préalable de se mettre le doigt à vif sur une meule, et encore si la blessure est légèrement cicatrisée, la détente part avant que le tireur l'ait sentie.

La joute préliminaire était commencée; on tirait pour être classé, c'est-à-dire pour avoir le droit de concourir à la lutte définitive. Pour être classé, il fallait mettre du premier coup une balle dans le cinquième cercle, qui avait à peu près la largeur d'un double thaler. Comme l'épreuve n'était pas des plus malaisées, et que d'ailleurs, lorsqu'il s'agit d'un seul coup, le hasard est un peu le maître, il y eut un grand nombre d'heureux.

Vingt ou trente jeunes gens, déjà bien fiers de ce premier succès, vinrent se ranger derrière la troisième barre. Parmi eux, chose sans exemple, il n'y avait que deux étudiants : Arnold et Rudolphe. Les balles des Renommists et des Maisons moussues s'étaient égarées hors du cercle central. L'Université avait mal tiré. On eût dit que cet outrage, qu'elle avait subi en face de tous, lui laissait encore la main tremblante.

Niklaus, Michas et bien d'autres avaient mis plus près du centre que les étudiants. Quant au chasseur de la Forêt-Noire, qui s'était servi de la bonne carabine avec laquelle il avait dépendu le *Renard d'or*, sa balle s'était enfilée sur l'aiguille aux applaudissements de l'assemblée tout entière. Il grandissait, ce chasseur de la Forêt-Noire : les garçons commençaient à le regarder avec respect, les femmes le trouvaient beau comme Apollon.

A la deuxième épreuve, où chaque concurrent avait deux cartouches, l'Université prit un peu sa revanche. Arnold et Rudolphe avaient visé comme si leur vie eût dépendu de leur adresse, et après tout, quoiqu'ils ne fussent pas sorciers comme ce diable de Frédéric, dont la balle ne déviait jamais d'un quart de ligne, c'étaient de glorieux tireurs! Frédéric avait gagné le prix l'an passé, — où donc était Frédéric!...

A deux lieues de Ramberg, dans un petit sentier qui suivait le cours sinueux du Neckar, un jeune homme, presque un enfant, cheminait la tête nue et le dolman au vent. Il paraissait bien las, et pourtant il ne ralentissait point sa marche. Ses habits étaient couverts de poussière; des gouttes de sueur perlaient à son front blanc et pur comme celui d'une jeune fille.

Il allait sous l'ombrage des grands arbres qui croisaient leurs branches au-dessus de sa tête; ses yeux rêveurs et doux se perdaient au devant de lui dans le calme paysage. Il allait, essuyant parfois la sueur de ses tempes et interrogeant le soleil pour mesurer les heures.

Sa taille, qui était flexible et gracieuse, manquait encore un peu de carrure son pas bondissait comme celui d'un enfant. C'était un enfant, un doux et cher enfant, et nous ne savons pourquoi nous allons à lui pour répondre à ceux qui demandaient où était Frédéric.

Frédéric, la première Epée de l'Université de Tubingue! Frédéric, le roi du *scandal*; Frédéric, le crâne des crânes!

— C'est long, dix heures de marche! murmurait-il en suivant vaillamment son chemin. Pauvre bonne mère! comme elle m'a embrassé, en me recommandant de prier Dieu et la Vierge chaque soir. Chaque soir, je prierai Dieu et la Vierge pour qu'ils me fassent la grâce de l'embrasser encore.

La route tourna brusquement; la vallée du Neckar s'ouvrit tout à coup en éventail, avec ses joyeuses prairies coupées par l'or des guérets. Au delà de la vallée, il y avait un petit coteau et sur le coteau un lourd clocher perdu au lointain. L'enfant s'arrêta et joignit ses mains sur son bâton de voyage.

— Ramberg! murmura-t-il; Chérie!

Un nuage vint à son front, et sa tête gracieuse s'inclina. Il tira de sa poche un petit portefeuille et prit dans le portefeuille un guillaume d'or tout neuf, qu'il regarda avec une sorte de tendresse, puis il le colla contre ses lèvres en riant comme un jeune fou qu'il était.

— Tant pis! dit-il d'un air mutin; si j'arrive trop tard,

eh bien, j'ai mon guillaume; je ne ferai pas comme l'an passé, où je ne n'ai pu glisser qu'un tiers de thaler dans la bourse où est la fortune de Chérie!

Il remit son guillaume dans le portefeuille, jeta en l'air son bâton, qu'il rattrapa à la volée, et prit sa course en criant : Hopp! hopp! comme s'il avait eu un bon cheval entre les jambes...

Tout cela ne dit pas où était Frédéric, l'invincible épée, le tireur sans pareil, le bourreau des Philistins!

Revenons sur le lieu de la fête. A la seconde épreuve, Niklaus, Michas et les autres furent écartés comme d'habitude; il ne resta en lice que les deux étudiants et le chasseur de la Forêt-Noire. Sur deux balles, Arnold et Rudolphe avaient fait chacun un *maître coup*; l'inconnu en avait déjà deux. Les jeunes filles de Ramberg avaient envie de crier hourra pour le chasseur de la Forêt-Noire.

Mais le silence s'établissait parmi la foule attentive; chacun tâchait de s'approcher pour mieux voir la troisième et solennelle épreuve. Chacun des concurrents reçut trois cartouches. Arnold mit son premier coup dans le rond, à deux lignes de l'aiguille, et ses deux autres balles firent maître coup.

— Bravo! murmura tout bas la foule.

L'estrade des étudiants restait émue, silencieuse et sombre. La reine Chérie agita son mouchoir brodé en souriant.

Rudolphe prit sa carabine sur la barre et regarda l'inconnu avant d'ajuster. Il y avait tant d'insouciance et de froideur sur le visage de cet homme que Rudolphe demeura un instant appuyé sur son arme.

— Allez! dit l'arquebusier.

La carabine de Rudolphe se coucha; il fit maître coup une fois, rechargea, tira et enfila de nouveau l'aiguille.

— Bravo! crièrent une seconde fois les garçons de Ramberg: encore un coup pareil pour l'honneur de l'Université!

L'estrade des étudiants cherchait à garder le *decorum*, mais un frémissement sourd courait le long des banquettes. Quand Rudolphe mit en joue pour la dernière fois, quelques Renards impatients se levèrent. Rudolphe tira; il toucha l'aiguille, mais de travers et l'aiguille fut brisée.

— C'est égal! c'est égal! dit-on de toutes parts, que l'autre fasse mieux!

Le chasseur de la Forêt-Noire, qui s'était donné le nom d'Albert, se mit à rire et vint s'accouder sur la barre.

— Je ferai mieux, répondit-il, et croyez-moi, mes bonnes gens, vos luttes sont des jeux d'enfants. Autant de fois que vous le voudrez, j'enfilerai votre aiguille; et si j'avais su que messieurs les étudiants de Tubingue tiraient si gauchement que cela, je n'aurais pas pris la peine d'user mes semelles sur la route de Ramberg!

Ce disant, et pendant qu'un murmure d'étonnement courait dans toute la place, l'inconnu ajusta trois fois et trois fois fit maître coup.

— Il a fait mieux! il a fait mieux! s'écrièrent les Rambergeoises, car le bel inconnu s'était rendu favorable tout ce qui portait coiffes de dentelles et jupons bariolés.

— Il a fait mieux! répétèrent les garçons avec une admiration chagrine.

— Et je dis, ajouta l'arquebusier en nettoyant la carabine du vainqueur, je dis que je donnerais quelque chose de ma poche pour voir une lutte entre ce gaillard-là et le jeune herr Frédéric!

C'était attaquer dans sa base la popularité naissante de l'inconnu. Ce nom de Frédéric, en effet, sonnait à Ramberg comme une fanfare.

— Ah! ah! fit Luischen, si vous parlez du jeune herr Frédéric!

Et Lisela, et Brigitte, et Lotte et Félicitas de répéter :

— Ah! ah! le jeune herr Frédéric!... s'il était là!

Sur les banquettes des étudiants on se demandait à voix basse :

— Où est-il donc?

Où il était? nous ne saurions le dire... Mais notre bel enfant au guillaume d'or courait comme un fou dans les sentiers de la plaine. Il n'aurait pas joué des jambes plus vaillamment s'il se fût agi de gagner une gageure à la course. Ses cheveux blonds flottaient sous sa petite casquette, son dolman fouettait le vent; il coupait à travers champs, il franchissait les haies, rien ne pouvait arrêter son élan.

Le coteau de Ramberg se rapprochait; il commençait à distinguer le drapeau sur le clocher court et trapu de l'église. A cette vue, il jeta en l'air sa petite casquette et fit siffler son bâton triomphalement.

— Hopp! hopp!

Sa course prit un élan nouveau, il ne s'inquiétait plus de la sueur qui ruisselait sur ses tempes, ni de la poussière de ses cheveux.

Sur la place, cependant, le bourgmestre Mohl s'était levé avec cette dignité qui caractérisait chacun de ses mouvements officiels.

— Y a-t-il quelqu'un qui puisse dire : Je ferai mieux? demanda-t-il à haute et intelligible voix.

Personne ne répondit. Le bourgmestre prononça la même formule par trois fois, puis il mit ses lunettes sur son nez et déplia une pancarte.

— Il est onze heures, dit-il, et le règlement du concours de Ramberg, approuvé par le conseil privé (il s'arrêta pour saluer le comte Spurzeim, qui lui rendit un signe de tête bienveillant) porte, article 5 : « La lutte demeurera ouverte jusqu'à l'heure de midi. A ladite heure, le prix sera décerné au vainqueur. — Jusqu'à l'heure de midi, tout concurrent pourra se présenter, pourvu qu'au préalable il fasse autant de maîtres coups, se suivant les uns les autres sans lacune, que le vainqueur provisoire en a fait dans les trois épreuves. — Cette condition étant remplie, le nouveau concurrent et le vainqueur provisoire lutteront suivant la règle, sous la protection de l'autorité. »

Cette lecture n'était qu'une simple formalité, car le bourgmestre et ses aides s'occupèrent immédiatement de la distribution des prix.

Dans le village de Ramberg, il n'y avait rien au-dessus de l'Université; en conséquence, le bon bourgmestre, quittant son estrade, traversa la place tout entière et se rendit solennellement vers cette jeune fille qu'on appelait la reine Chérie, pour lui remettre l'écharpe qui devait être décernée au vainqueur. C'était là, nous saurons bientôt pourquoi, l'hommage le plus flatteur qui pût être rendu à l'Université.

Loin de puiser dans cet hommage un motif de consolation, les étudiants baissèrent la tête sur le passage du magistrat et répondirent de mauvaise grâce à sa politesse.

Il y a du sauvage chez l'étudiant d'Allemagne, comme en tout Allemand; il ne sait pas mentir à sa mauvaise humeur, et quand on le jette sur le dos dans l'arène, il ne peut pas s'habituer à sourire.

C'est le grand art des comédiens bien dressés; c'est aussi le bel art des gentilshommes. En thèse générale, les étudiants d'Allemagne ne sont ni gentilshommes ni comédiens, et ils ne m'en voudront pas pour cette phrase dans laquelle l'éloge l'emporte sur le blâme.

Pendant que le bourgmestre gagnait, en soufflant, le sommet de l'estrade où trônait la reine Chérie, les deux Epées de l'Université, Arnold et Rudolphe, se levèrent et reprirent, à la tête de la cohorte, le chemin de la Maison de l'Ami. C'était une mauvaise journée. Ils étaient venus le sourire fanfaron aux lèvres, en chantant leurs cantiques païens, et ils s'en retournaient en silence, la tête basse.

Avant de quitter la place, Arnold avait touché l'épaule du chasseur de la Forêt-Noire, et lui avait dit : « A ce soir! » Le chasseur sifflait une tyrolienne; il n'interrompit point sa musique et fit un petit signe de tête affirmatif. Depuis le Renard le plus rose jusqu'au plus barbu des *Maisons moussues*, il n'y avait pas un étudiant qui n'eût soif du sang de cet homme.

La reine Chérie, à qui ses douze gardes restaient fidèles reçut l'écharpe des mains de maître Molh; après quoi le digne bourgmestre s'en alla porter le saphir, qui formait le second prix, à la belle comtesse Lenor. Le troisième prix, qui était un baril de vin du Rhin resta en place et fut conféré à la grosse Luischen, représentant la population de Ramberg.

Nous n'avons pas besoin de dire que l'intérêt de la fête était épuisé. On attendait midi avec impatience, non point parce que c'était l'heure de la distribution solennelle des prix, mais bien parce qu'une table immense se dressait dans les jardins de la maison commune et que le repas devait avoir lieu tout de suite après la cérémonie. Or, en Allemagne, les estomacs des deux sexes sont de première qualité.

Au pied du mât, sous un dais de velours écarlate, la reine Chérie, Lenor et Luischen vinrent s'asseoir. Lenor et Chérie ne s'étaient jamais vues de si près; Chérie fit à la jeune comtesse un salut respectueux et empressé; la jeune comtesse qui était fort bien élevée, lui rendit son salut et détourna la tête. Ce n'était pas mépris, personne au monde n'avait le droit de mépriser Chérie, mais la comtesse Lenor pouvait avoir ses raisons pour ne point l'aimer.

IV

LE JEUNE HERR FREDERIC

Jamais, au grand jamais on n'avait vu la noble Université de Tubingue en si méchante humeur. Ils étaient là tous les fuyards de la place de l'Eglise, simples Renards, Renards enflammés, jeunes et vieilles Maisons, Maisons moussues et Renards d'or; ils étaient tristes, soucieux, vaincus, dans la grande salle de la Maison de l'Ami; ils fumaient avec mélancolie d'énormes pipes de porcelaine et buvaient des pots de bière lourde lugubrement.

Ils avaient relevé l'enseigne du *Renard d'or*, abattue par la première balle du chasseur diabolique; elle était là l'enseigne déshonorée; on l'avait suspendue à la muraille, vis-à-vis du râtelier aux glaives : chacun pouvait la regarder et puiser dans cette contemplation des idées de vengeance. Ils s'en prenaient à tout le monde de leur déconvenue, les pauvres jeunes gens : au chasseur d'abord; à Chérie, l'ingrate, qui ne les avait pas suivis dans leur retraite : à Frédéric qui avait manqué à l'appel, à Frédéric qui les avait abandonnés dans la joute des

5

carabines, comme il devait leur faire défaut ce soir encore, sans doute, lors de la joute des épées.

Beaucoup, parmi les étudiants, étaient restés au cabaret pendant le concours. Bastian, notre gros et joyeux compère, avait profité de l'occasion pour entamer un *bier-scandal*, ou combat mortel à la chope contre l'aubergiste de *l'Aigle rouge*. Baldus, le réfugié de l'Université viennoise, avait rassemblé quelques bonnes gens et leur parlait l'hébreu de la politique rationaliste. A ceux-là il avait fallu faire l'histoire de la déplorable matinée. Maintenant que le récit était achevé, vous eussiez vu, en entrant dans la salle de la Maison de l'Ami, tous les sourcils froncés, toutes les lèvres crispées, tous les grands cheveux tombant comme de longues branches de saule sur les fronts mélancoliquement inclinés, à travers un nuage de fumée plus épais que les brumes ossianiques.

En effet, à part les vastes pipes de porcelaine, il y avait ce fourneau commun qui brûle éternellement dans les tavernes universitaires, à l'instar du feu sacré des anciens, ce fourneau qui a des tuyaux pour toutes les bouches et suffirait lui seul à rendre inhabitable, tant il vomit de vapeurs malsaines, la salle la plus large, la plus longue et la plus haute de l'univers.

— Après tout, dit Bastian, que cette tristesse étouffait, tu as gagné le second prix, Rudolphe, et le second prix est la bague de Chérie. Tu as gagné le troisième prix, Arnold, et le troisième prix est le baril de vin du Rhin. Ce sauvage dont vous parlez, et que j'aurais voulu voir, n'aura que l'écharpe de piètre taffetas, donnée par le roi! La belle avance! Que le diable l'emporte et n'en parlons plus!

L'assemblée accueillit cette conclusion d'un air sombre. Il y a des douleurs hargneuses qui ne veulent point être consolées.

— Eh bien! s'écria Bastian d'un air solennel, vous faut-il une victoire éclatante pour effacer l'opprobre de votre défaite? Je vais vous montrer, moi, que l'Université n'a pas été partout malheureuse ce matin!

Ce disant, il s'approcha d'une table toute couverte de cruches vides; sous la table il y avait une sorte de paquet informe enveloppé dans un manteau que Bastian souleva avec un redoublement de gravité.

— Voici le respectable maître Blaise, prononça-t-il lentement, qui m'a cédé le champ de bataille à la trente-deuxième chope... *Gaudeamus igitur!*

Le respectable maître Blaise était couché tout de son long sur le carreau, la figure dans une mare de bière. C'était un beau spectacle, et cependant les étudiants de Tubingue ne se déridaient point.

— Garde tes folies pour un autre jour, Bastian, dit Arnold; il nous faut aujourd'hui quelque chose de plus riche que la bière.

On vit briller tous les regards à ce mot qui caressait la colère commune; les groupes divisés se rapprochèrent, les conscrits demandèrent, selon leur droit, que l'un d'eux fût tiré au sort pour remplacer l'Epée de l'Université qui manquait à l'appel.

— Enfants, dit encore Arnold, je crois que personne n'aura lieu de se plaindre : nous nous étions rassemblés ici, sous prétexte de la rentrée générale, pour régler le *scandal-contra* qui doit avoir lieu entre nous et les chasseurs de la garde. L'insulte nouvelle que l'Université vient de subir...

Ici la voix de l'orateur fut couverte par un hourra retentissant qui éclata au dehors.

— Faites taire ces rustres! s'écria Rudolphe! vont-ils venir célébrer la victoire du Philistin jusque chez nous?

— Fermez les portes et les fenêtres, bedeau! reprit Arnold.

Mais les joyeux cris du dehors passèrent à travers les fenêtres et les portes fermées. La vertu de MM. les étudiants de Tubingue n'était pas la patience. Il y en eut plus d'un, parmi eux, qui jeta un regard d'envie vers le râtelier de l'honneur : si les glaives de l'Université eussent été à leur place ordinaire, on n'aurait pas attendu la tombée de la brune pour faire bagarre autour de la Maison de l'Ami. Mais les glaives étaient aux mains des douze gardes de Chéric.

Cependant le tapage continuait au seuil même de la maison. On frappa bientôt à la porte à tour de bras.

— Ouvrez! ouvrez! criait-on pendant que d'autres voix plus lointaines clamaient :

— Hourra! hourra pour le vainqueur!

Sans s'être consultés, les étudiants saisirent les escabelles, les cruches, les verres, tout ce qui pouvait faire arme, et s'élancèrent en tumulte vers la porte pour opérer une sortie. La porte s'ouvrit; Arnold et Rudolphe, toujours en tête, brandirent leurs tabourets et se précipitèrent en avant; mais ils s'arrêtèrent bien vite devant le spectacle inattendu qui s'offrit à leurs regards.

C'était le village tout entier, ou plutôt, c'était tout le personnel de la fête, qui avait quitté la place de l'Eglise pour venir à la Maison de l'Ami. Les paysans, les paysannes, les étrangers arrivés des villes voisines, tout le monde se pressait dans la rue trop étroite, tout le monde répétait l'unanime et joyeux refrain :

— Hourra pour le vainqueur!

Et le vainqueur était là, porté en triomphe par les villageois endimanchés, auxquels deux gardes de Chérie, le glaive à la main, servaient d'escorte.

Arnold et Rudolphe demeurèrent comme ébahis au-devant de leurs compagnons qui ne voyaient rien encore et qui hurlaient comme des démons dans la grande salle. Arnold et Rudolphe n'en voulaient point croire leurs yeux. Au lieu du large chapeau rabattu qui coiffait si odieusement cet affreux chasseur du Schwartzwald, le vainqueur portait sur l'oreille la petite casquette des étudiants; il avait le col rabattu, il avait le dolman. Et encore, au lieu du sévère visage de l'inconnu, le vainqueur avait une figure toute jeune et toute souriante. Et les Rambergeois affolés répétaient sur tous les tons le nom de leur idole :

— Frédéric! Frédéric! le jeune herr Frédéric!

Dès lors, Arnold et Rudolphe lâchèrent leurs tabourets, jetèrent leurs casquettes en l'air et crièrent comme les autres du meilleur de leur cœur.

— Frédéric! Frédéric! hourra pour Frédéric!

L'immense clameur du dehors, pénétrant à travers la porte comme le feu qui suit une traînée de poudre, éclata jusqu'au fond de la grande salle et fit trembler les voûtes de la Maison de l'Ami. Tous les nouveaux arrivants, garçons et filles, se pressaient autour du seuil pour raconter aux absents la mémorable aventure.

— Oh! mon jeune herr Arnold, disait Niklaus tout
essoufflé, vous auriez bien donné une paire de rixdales
pour voir cela, j'en suis sûr!

— Ecoutez! reprenait Michas. Il avait de la poussière
jusque par-dessus ses cheveux. Midi était en train de
sonner. Nous l'avons pris dans nos bras, le cher cœur,
et nous l'avons apporté devant le mât...

— Et qu'il a bien retrouvé son haleine pour dire deux
mots à maître Mohl! interrompit la petite Lotte, qui cherchait à insinuer son mot.

— Pan! pan! pan! pan! pan! pan! fit Niklaus, six coups,
six balles dans l'aiguille! au droit!

— Et il n'avait pas l'air d'y toucher! nota la grosse
Brigitte.

— Hourra! fit-on autour de Frédéric, toujours porté
en triomphe.

— Hourra! répéta l'Université enthousiasmée.

— Oui, oui, reprit Michas, hourra! et le chasseur noir
a dit : « Voilà un joli tour de force! » Et il a repris sa
carabine. Vous sentez bien qu'entre deux gaillards comme
ça, il ne s'agissait plus de lutter à la troisième barre.

— Ah bien! ma foi, oui! s'écria Lotte, la troisième
barre! Ils ont marché côte à côte, comme deux amis, plus
loin que d'ici la maison commune!

— Elle dit vrai! appuya la foule.

— Ils se sont retournés, poursuivit la petite Lotte toute
glorieuse, et le chasseur a tiré le premier... Bah! cent pas
de plus ou de moins, ce n'est rien pour eux : Le jeune
herr Frédéric a fait maître coup après le chasseur!

Les femmes avaient assez parlé; ce fut du moins l'avis
de Niklaus qui saisit la parole avec autorité.

— Après ça, dit-il, le chasseur a proposé de tirer au commandement. Au commandement, on a enfilé l'aiguille... et toujours! et toujours! Si bien que le jeune herr Frédéric a jeté sa carabine en disant : « Voici, là-bas, deux arquebuses qui ne sont pas là pour des prunes! » Le chasseur a été content, car ses bras sont bien gros deux fois comme ceux du jeune maître, il a pris l'arquebuse de droite, la plus légère et il a mis en joue en geignant... Boum!... un vrai coup de canon! La balle s'est perdue...

— Boum! répéta Michas, le jeune herr Frédéric avait mis en joue l'autre arquebuse la plus lourde, et la plaque en tôle qui servait de but a été brisée en morceaux comme si c'eût été une assiette de faïence. Et moi, j'ai dit : Hourra!

— Hourra! hourra! hourra! répéta par trois fois la foule.

Frédéric était debout sur le brancard; il agitait l'écharpe de soie brodée d'or au-dessus de sa tête, et une joie d'enfant éclairait son visage. Arnold, Rudolphe et les autres percèrent la foule et vinrent le recevoir dans leurs bras. Il y avait quelque chose de touchant dans cet accueil. C'était bien là une grande famille; tous ces jeunes gens au visage mâle et barbu, fêtant le triomphe de l'adolescent heureux, sans arrière-pensée comme sans jalousie, c'était tout simple, mais c'était charmant.

Frédéric passa des bras de Rudolphe dans ceux d'Arnold; il ne pouvait suffire aux poignées de main et aux accolades. Et les Rambergeoises, promptes à s'attendrir, essuyaient leurs yeux qui pleuraient et qui riaient, en disant :

— Oh! les bons jeunes gens! les bons jeunes gens!

Michas, Niklaus et Moriss se glissèrent en fraude parmi les étudiants et attrapèrent chacun une poignée de main de l'idole.

— Et maintenant, dit Arnold à l'oreille de Frédéric, voilà trop de gens ici pour que nous fassions nos affaires.

— Nous avons donc décidément des affaires? demanda Frédéric.

— Les plus graves que nous ayons eues depuis longtemps! répondit Arnold.

Frédéric se retourna vers la foule et dit :

— Mes vrais amis, la soupe du bourgmestre vous attend.

— Nous voulons rester avec vous, meinherr Frédéric! répondit la foule, tout d'une voix.

C'était trop de tendresse; Frédéric n'était pas de cet avis-là.

— Mes vrais amis, reprit-il, moi aussi je voudrais passer ma vie avec vous; mais tout à l'heure j'ai vu des officiers de la garde rôder autour du village, et vous savez bien que nous autres étudiants, nous avons l'habitude de chanter des couplets qui donnent la fièvre chaude aux soldats du roi.

Il y eut un mouvement d'hésitation dans la foule mais quelques voix intrépides crièrent :

— C'est égal! c'est égal! restons avec le jeune herr Frédéric!

— A la bonne heure, dit ce dernier, faites donc comme moi, mes vrais amis... Et si les soldats viennent, ma foi, nous nous en tirerons comme nous pourrons.

Il entonna de sa jolie voix sonore et pleine une de ces

chansons séditieuses que les poètes de l'Université composent quand leur digestion de bière se fait péniblement. Il faut croire que ces chansons qui, au premier aspect semblent assez mauvaises, ont un charme secret, car pour les répéter en chœur, les étudiants d'Allemagne se font cadenasser dans les cachots ou même envoyer en exil.

Le roi Guillaume de Wurtemberg avait donné, l'année précédente, une constitution à son peuple; aussi, les prisons politiques étaient toujours pleines, et il y avait guerre ouverte entre l'armée et l'Université. Arnold, Rudolphe et les autres prirent le diapason et firent chorus avec Frédéric; il n'y eut pas jusqu'au bon Bastian qui ne vint prêter à ce chœur l'appui de son gosier profond comme la mer.

Les Rambergeois commencèrent à regarder autour d'eux avec inquiétude; bientôt, les plus prudents mirent bas tout respect humain et s'esquivèrent; quelques fanfarons seulement chevrotèrent le commencement du couplet, et au quatrième vers il y avait déjà de larges vides dans l'assistance. C'était chez tout le monde un accès subit d'appétit.

— Eh bien, meinherr Frédéric, dit Niklaus à la fin du couplet, nous allons aller manger la soupe.

— Et boire à votre santé, meinherr Frédéric! ajouta Michas.

Trois secondes après, il ne restait personne sur la place.

— A-t-il du talent, ce Frédéric! dit Bastian en riant.

Frédéric venait de rentrer le premier dans la grande salle de la Maison de l'Ami. Chacun prit place; l'Université, conscrits et anciens, se trouvait au grand complet. Les glaives restitués pendaient au râtelier de l'Honneur.

— Frère, dit Arnold en s'adressant à Frédéric, tu es notre première Epée, mais tu nous dois compte de tes actions, comme le dernier d'entre nous! Ce matin tu as manqué à l'appel et tu as mis en péril l'honneur de l'Université de Tubingue. Quel motif nous donneras-tu pour excuser ton retard?

Une légère rougeur avait coloré le front de Frédéric, tout à l'heure encore si espiègle et si joyeux.

— Je n'ai rien à vous cacher, mes frères, répondit-il, et je vous dirai le motif de mon retard, bien qu'il soit futile et peu fait pour mériter votre indulgence. J'ai quitté ma mère hier matin, et j'avais tout le temps d'arriver à Ramberg avant l'ouverture des joutes, mais il m'a pris une folle envie au milieu du chemin... J'avais quitté la ville de Horb depuis déjà deux heures, lorsque je me suis souvenu qu'entre Horb et Ramberg il n'y avait plus que de pauvres bourgades; or, pour contenter l'envie que j'avais, il me fallait trouver un joaillier juif, comme il s'en rencontre seulement dans les villes. Je suis revenu sur mes pas malgré l'heure avancée, et je suis entré dans l'échoppe d'un juif de Horb, pour échanger ma petite chaîne d'or contre sa valeur en numéraire. Le juif m'a dit : « Votre chaîne d'or vaut trois rixdales, et je vous en donnerai quatre. — Mettez un guillaume et l'affaire est faite! » ai-je répondu. L'envie que j'avais, répondit Frédéric en rougissant plus fort, c'était justement d'avoir un guillaume d'or.

Les étudiants gradés échangèrent des regards en souriant.

— Mais, dit Arnold, ta chaîne valait bien quatre guillaumes.

— Cela ne fait rien, répondit Frédéric; le vieux juif m'en a donné un tout neuf et je n'ai jamais été si content de ma vie! Vous sentez bien que je ne pouvais pas changer mon guillaume pour louer un cheval. J'ai repris ma course à pied, et je garantis que je ne me suis pas amusé en chemin...

— Frédéric, dit Arnold en lui prenant la main, tu ne veux pas nous dire ce que tu comptes faire de ton guillaume?

Frédéric baissa les yeux.

— Oh! mes frères, répliqua-t-il, cela ne sera pas bien longtemps un mystère... Mais était-ce donc pour cela, reprit-il en redressant son front mutin, que nous nous sommes enfermés si solennellement dans la salle de nos délibérations?

— Non, Frédéric, répondit Arnold. Et tu as raison de nous rappeler à des sujets plus graves. Mes frères me donnent-ils la parole pour exposer notre situation?

La parole lui fut donnée tout d'une voix.

— Il existe un homme, poursuivit Arnold, qui fut autrefois, à Stuttgard et à Tubingue, l'ennemi de nos devanciers. Cet homme, nous ne le connaissons pas, parce que je ne sais quelle intrigue de cour l'avait déjà exilé hors du royaume avant notre entrée dans l'Université. Mais les récits de nos anciens restent dans notre mémoire, et personne parmi nous n'a le droit d'ignorer que les étudiants de Tubingue doivent haïr le colonel baron de Rosenthal.

— C'est vrai, dit Frédéric, je savais cela.

— Dans son exil, reprit Arnold, Rosenthal a continué de faire aux universités une guerre implacable. Il y a ici un réfugié de Vienne qui pourrait raconter les excès de ce grossier soldat.

Tous les yeux se tournèrent vers l'étudiant Baldus, qui prit une pose d'orateur et se disposa à parler.

— Je sais ce que monsieur de Rosenthal a fait à Vienne, dit Frédéric. Continue, mon frère Arnold.

— Rosenthal a été appelé par le roi pour faire à Tubingue ce qu'il faisait à Vienne.

— J'ai reçu avant-hier une lettre qui me dit précisément cela.

— Une lettre de qui?

— Je croyais que cette lettre était de l'un de vous.

Il y eut un moment de silence, et les membres de l'assemblée s'entre-regardèrent inquiets.

— Quoi qu'il en soit, reprit encore Arnold, Rosenthal est de retour depuis hier soir, et une personne ici présente, qui le connaît, l'a vu.

— Moi aussi je l'ai vu, prononça froidement Frédéric.

— Oh! firent plusieurs voix avec surprise. Tu le connais donc?

— Oui, répondit Frédéric.

Autre silence.

— Eh bien, mon frère, dit Arnold, le dessein formel de Rosenthal est de réduire à néant les libertés de l'Université de Tubingue. Nos conseils, rassemblés hier soir dans les Maisons d'Amis de Stuttgard, de Luisbourg et d'ailleurs, ont décidé à l'unanimité qu'il fallait un scandal-contra... et supprimer ce Rosenthal!

— Cela me semble juste, dit Frédéric, qui paraissait

plus froid à mesure que son interlocuteur s'animait davantage. Après?

— Après? répéta Arnold étonné : mais en effet, il y a encore autre chose. Ce matin, l'Université de Tubingue a été insultée grossièrement...

— Insultée au beau milieu de la fête! grondèrent les étudiants, que la colère reprenait.

— Insultée devant tous! prononça Arnold avec lenteur. Un inconnu a jeté bas l'enseigne du lieu de nos réunions.

Frédéric tourna son regard vers le pauvre Renard d'or qui pendait tristement à la muraille.

— Il avait reçu bien de la pluie, dit-il sans s'émouvoir; ce sera une bonne occasion de le faire redorer.

Il y eut un murmure dans l'assemblée; on n'était point habitué à voir traiter ainsi par-dessous jambe ce qui touchait à l'honneur de l'Université.

— Tu ne comprends donc pas, mon frère Frédéric, dit Arnold sévèrement, que cela fait deux combats à mort?

— Non, répliqua Frédéric, je ne comprends pas cela.

Tous les regards impatients se tournaient vers lui.

— Bastian, mon frère, dit-il, apporte-moi ma pipe et ma chope.

Bastian quitta aussitôt la place, comme un courtisan qui entend la parole de son roi. On lui apporta, à ce Frédéric blond et rose, à cet enfant délicat et gracieux, la plus grosse de toutes les pipes qui pendaient à la muraille, la plus profonde de toutes les chopes rangées par ordre de taille sur le dressoir. Il but la chope d'un trait et alluma savamment la pipe monstrueuse. Nous en sommes bien fâchés, mais c'est le pays.

— Connaissez-vous le nom de votre insulteur? demanda-t-il ensuite entre deux bouffées.

— Il nous a dit s'appeler Albert.

— Et il n'a pas menti, mes camarades. A quelle heure doit-il se rencontrer avec vous?

— Ce soir, à huit heures.

Frédéric se renversa sur le dossier de son fauteuil, et se prit à savourer les vapeurs de sa pipe.

— Il n'y a dans tout ceci, dit-il du bout des lèvres, qu'un pauvre duel et j'espérais mieux.

— Comment! un duel! s'écrièrent cinquante voix ensemble; n'y a-t-il pas d'abord cet Albert et ensuite le colonel?

— Cet Albert vous a bien dit son nom, répliqua Frédéric en souriant, mais il ne vous a pas dit tous ses noms. Moi qui les sais, je vais vous les apprendre. Il s'appelle Albert-Auguste de Rosenthal, baron d'empire, colonel des chasseurs de la garde du roi.

V

LE BERCEAU DE CHÉRIE

On peut deviner l'impression que le nom de Rosenthal fit sur ces messieurs les étudiants de Tubingue. Parmi tous ces jeunes gens, il n'y avait que Baldus, le réfugié de Vienne, et son compagnon de nuit Bastian, à connaître le baron. Or Baldus et Bastian étaient restés à la Maison de l'Ami pendant la matinée. Personne n'avait deviné le colonel des gardes du roi sous le fantastique costume qu'il avait choisi pour paraître à la fête des Arquebuses.

Messieurs les étudiants étaient bien en colère contre l'inconnu qui les avait bravés si hardiment devant quatre mille personnes assemblées; messieurs les étudiants détestaient de tout leur cœur le baron de Rosenthal, qui avait laissé dans la tradition de l'Université un souvenir profond et terrible. Cette colère et cette haine, en se combinant, formèrent une belle et bonne rage qui se traduisit par des trépignements et par des cris.

Sur la tête d'une seule et même personne se trouvaient

réunis plus de griefs qu'il n'en fallait pour mettre en branle dix fois les grandes Epées de l'Université. Durant quelques minutes, des conversations tumultueuses s'établirent partout dans la salle. Conscrits et Anciens, Renards et Maisons moussues tournaient leurs yeux avec envie vers le râtelier de l'Honneur, où brillait le triple rang des glaives.

— Ce diable de Frédéric! murmurait Bastian, il connaît tout le monde. A-t-il du talent! a-t-il du talent!

— Mais savez-vous que c'est trop peu d'un coup d'épée pour venger tant d'injures! disait Rudolphe, les poings fermés et les sourcils froncés.

— Il est venu ici tout exprès pour nous outrager, c'est clair! reprenait Arnold.

Un grondement sourd et menaçant s'éleva dans la salle.

Le beau Frédéric était toujours renversé sur le dossier de son fauteuil. Le regard voilé de ses yeux bleus suivait avec paresse les spirales de fumée que le fourneau de sa pipe envoyait au plafond. Il semblait être absolument étranger à ces fiévreuses émotions qui s'agitaient autour de lui. A dater du moment où il avait prononcé le nom de Rosenthal, pas une parole n'était tombée de ses lèvres.

Nous pensons qu'il se reposait tout bonnement des fatigues de sa longue course du matin. Il y a sept lieues de pays entre la ville de Horb et Ramberg; ajoutez à cela les quatre lieues que Frédéric avait faites pour aller vendre sa chaîne d'or, et vous conviendrez que, sous le grand soleil, toujours au pas de course, l'étape était bonne.

Au bout de deux ou trois minutes, cependant, son

regard quitta le plafond pour se promener dans la salle. Il sourit avec une légère nuance de dédain et retint à demi un bâillement.

— Il ne faut pas qu'il sorte vivant du village de Ramberg! disait en ce moment Arnold.

— Mais s'il n'allait pas venir au rendez-vous? s'écria Rudolphe.

— Oui, répéta-t-on de groupe en groupe, s'il n'allait pas venir!

Frédéric quitta comme à regret sa posture nonchalante.

— Mes frères, dit-il en bâillant pour tout de bon cette fois, je trouve que voilà bien du bruit pour une misère! Le baron a été condamné par votre respectable tribunal; il a respecté son sort, c'est certain. L'exécution va se faire loyalement, glaive contre glaive, à la lueur des flambeaux; je ne vois rien là-dedans qui puisse vous faire bavarder si longtemps. C'est simple, c'est net, cela va tout seul! Quant à la question de savoir si le baron viendra ou ne viendra pas au rendez-vous, je prends sur moi de vous dire qu'il n'y a personne ici de plus brave que M. de Rosenthal.

— Comme c'est débité! murmura Bastian, il a du talent!

— Vous avez beau me regarder avec de gros yeux, reprit Frédéric, c'est comme cela : monsieur de Rosenthal est un vaillant soldat, monsieur de Rosenthal est un galant homme. De plus, je vous le dis pour le cas où je viendrais trop tard à la parade : Arnold, toi qui me remplacerais; Rudolphe, toi qui remplacerais Arnold, méfiez-vous, je vous le conseille, car monsieur de Rosenthal est la plus fine lame qui soit en Allemagne!

6

Dans tout *scandal-contra*, le premier assaut appartenait à la première Epée; si la première Epée avait du malheur, la seconde venait à son tour, si la seconde Epée restait également sur le terrain, c'était affaire à la troisième. Le Philistin provoqué avait exactement les mêmes droits que les champions de l'école; il pouvait se faire accompagner par un nombre illimité de seconds. S'il était tué, chacun de ses tenants avait le droit de ramasser son arme; et une fois engagé, le vainqueur ne pouvait abandonner la partie qu'après avoir nettoyé complètement le champ de bataille.

Comme on le voit, ce n'étaient pas des jeux d'enfants, et le blond Frédéric en parlait bien à son aise! Le *Comment* réglait en termes précis ces combats acharnés où les champions se présentaient en quelque sorte assurés de mourir, comme les gladiateurs antiques.

Le *Comment*, ce terrible code, ne prévoyait même pas le cas où l'Epée de l'Université pourrait faiblir avant de mourir. Or, Frédéric était la première Epée de l'Université de Tubingue, et il n'avait pas encore vingt-deux ans. Pour avoir passé sur le corps de tant de gaillards barbus et moussus, pour avoir conquis si jeune ce grade vénérable, il fallait bien que le blond Frédéric, malgré son joli sourire et le regard tendre de ses yeux, eût fait ses preuves.

A l'Université de Tubingue, on ne s'élevait point par la faveur; quand messieurs les étudiants n'étaient pas à même de se procurer des Philistins par un *scandal-contra*, ils s'exterminaient les uns les autres, dans ces batailles à huis clos connues sous le nom de *pro patria scandal*. Il était plus doux qu'un agneau, ce Frédéric; mais il faut bien hurler avec les loups : Arnold, Rudolphe et vingt autres portaient de ses marques, et la chronique disait que dans un *bier-scandal* fameux, il avait mis sous la table Bastian lui-même, lequel pourtant, à cause des vastes capacités de son estomac, avait mérité le rang et le titre de première Eponge de l'Université. Qu'on ne nous demande plus maintenant pourquoi le blond Frédéric était l'objet de tant de respect! C'est le pays.

— Je vote, dit-il en déposant sa pipe, pour que nous laissions là monsieur le baron, et pour que nous nous occupions de choses un peu plus sérieuses.

— Comment! s'écria Rudolphe, quelque chose de plus sérieux qu'un *scandal-contra?*

— Quelque chose de plus sérieux que notre vie et notre honneur? ajouta Arnold d'un ton de reproche.

— Je vous fais juges, dit Frédéric, qui souleva sa casquette et baissa la voix malgré lui. Il s'agit de Chérie.

A ce nom, vous eussiez vu tous les sourcils froncés se détendre et le sourire naître autour de tou'es les lèvres.

— Bastian, fais faire le cercle! dit Frédéric.

Bastian se redressa aussitôt, fier du rôle important qui lui était confié.

— En avant, les Renards! s'écria-t-il.

Frédéric, tête nue, s'était avancé jusqu'au centre de la salle; Bastian rangea les Conscrits en dedans du cercle, et les Anciens se placèrent alentour.

— Voilà, dit-il, c'est fait.

Frédéric semblait se recueillir en lui-même; sa figure, intelligente et timide dans sa fierté, avait maintenant une expression sérieuse. C'était bien vraiment le roi de tous ces jeunes gens qui l'entouraient, et attendaient avidement sa parole.

— Tous ceux qui sont là ont-ils été reçus membres de l'Université de Tubingue? demanda-t-il.

— Ils ont été reçus, ce matin, par le *senior convent* (conseil des Anciens), répondit Arnold.

— Alors, reprit Frédéric, d'autres leur ont dit les droits et les devoirs des fils de la Famille. Moi, je vais leur apprendre à quoi ils sont engagés vis-à-vis de notre reine, par le seul fait de leur admission dans nos rangs. Jeunes gens, écoutez-vous?

— Nous écoutons, répondirent les Conscrits le rouge au front.

— Chapeau bas, s'il vous plaît! prononça lentement Frédéric. Quand on parle de Chérie, notre fille et notre reine, il faut écouter tête nue.

Tout le monde se découvrit.

— Il y a quinze ans, dit Frédéric, Franz Steibel, étudiant de la noble Université de Tubingue, fut tué en duel par le major autrichien Hansen. Guillaume de Wurtemberg n'avait pas pris encore le titre de roi, et les soldats de l'empereur étaient encore dans nos villes. Or, entre les soldats des rois ou des empereurs et les étudiants libres, vous savez bien qu'il y eut toujours du sang!

— Du sang! répéta le chœur d'une voix sombre, toujours!

— Il va sans dire, reprit Frédéric, que le major autrichien Hansen eut, dès le lendemain, la poitrine traversée par une épée de l'Université; cela est dans l'ordre, passons.

Quand la famille des Compatriotes se rendit au logis

du pauvre Franz Steibel pour lui rendre les derniers honneurs, il y avait auprès du lit mortuaire un petit berceau où souriait une enfant endormie. Entre le lit et le berceau, une femme était à genoux, pâle comme la mort, échevelée, immobile, muette. Franz avait vingt-deux ans, et il était marié depuis deux années : c'était Hélène, la femme de Franz Steibel, qui pleurait agenouillée auprès de son lit.

Quand elle vit arriver les Compatriotes, elle se leva toute droite et dit avec un de ces sourires qui déchirent le cœur :

— Vous qui étiez les amis de mon mari, je vous attendais; soyez les bienvenus!

Les Compatriotes entourèrent le lit en silence. Hélène prit le berceau, qu'elle mit entre leurs mains, puis elle dit encore : « Voici l'enfant, vous veillerez sur elle : Je puis mourir. »

Elle se coucha en travers sur le corps de Franz et ne bougea plus...

Frédéric s'arrêta. Son souffle s'embarrassait dans sa poitrine; il était pâle, il tremblait. Le silence régnait dans la salle. On n'entendait que le bruit des respirations contenues. Les Anciens se souvenaient. Les Nouveaux avaient le cœur oppressé violemment : ils attendaient.

— Elle était morte, la pauvre Hélène! poursuivit Frédéric d'une voix altérée. Elle allait avoir dix-huit ans! La veille encore, il y avait tant de beauté sur son visage! tant de bonheur dans son âme! Elle était morte, Hélène Steibel, la femme de Franz, et il fallut faire deux funérailles!

Il passa la main sur son front, puis il rejeta ses cheveux en arrière et sa tête se releva.

— Les prêtres vinrent, dit-il, pour emporter le double cercueil : il ne resta dans la chambre que le berceau. Les étudiants prirent le berceau et le mirent sur deux épées nues. Ils le portèrent ainsi jusqu'au lieu où les tombes de Franz et d'Hélène Steibel étaient creusées l'une à côté de l'autre.

Après que les prêtres eurent achevé leurs prières, les étudiants demeurèrent seuls autour des fosses qui n'étaient pas encore comblées. Ils se mirent à genoux, excepté la première Epée, qui resta debout et qui dit : « Frères, en notre nom et au nom de ceux qui viendront après nous dans la noble Université de Tubingue, nous jurons que l'enfant de Franz Steibel sera notre enfant! »

Les Compatriotes étendirent leurs mains et répétèrent : « Au nom de Dieu, nous le jurons! »

Un frémissement ému glissa de rang en rang dans la grande salle de la Maison de l'Ami. Le sang généreux colorait tous ces jeunes visages. Tous les yeux humides brillaient. Frédéric poursuivit d'une voix plus tremblante :

— Chérie ne s'était point éveillée durant le trajet de la maison de Franz au cimetière; Chérie souriait toujours, endormie dans son berceau.

— C'était donc Chérie! s'écrièrent les Nouveaux, incapables de se contenir davantage.

Frédéric appuya sa main contre son cœur.

— C'était notre fille, prononça-t-il avec une émotion si forte, que sa voix était à peine entendue; c'était notre reine, c'était notre belle Chérie! Depuis lors, elle a grandi parmi nous pendant que les générations d'étudiants se succédaient, et, depuis quinze ans, pauvres ou riches, tous nos frères ont apporté leur offrande pour accomplir le serment de l'Université. Si bien que notre fille est riche, si bien que l'orpheline n'a jamais connu le malheur. Après avoir joué, enfant, dans les bras de nos devanciers, elle sourit, jeune fille, au milieu de nous, sans souci pour le présent, sans crainte pour l'avenir, car elle sait que l'Université est sa mère.

Frédéric se tut et le murmure s'enfla autour de lui; il n'y avait pas un cœur qui ne battît. Bastian s'essuya les deux yeux avec le coin de son dolman et s'en vint serrer la main de Frédéric, tandis qu'Arnold et Rudolphe disaient :

— Tu as bien parlé, frère.

— S'il a bien parlé! s'écria Bastian, qui sanglotait, je le crois bien! Il a tant de talent!

Frédéric avait pris sa casquette à deux mains et faisait le tour du cercle. Avant de commencer la quête, il avait tiré de sa poche son petit portefeuille, et le fameux guillaume d'or tout neuf était tombé dans la casquette.

— Voilà pourquoi je voulais être riche, dit-il en passant devant Arnold et Rudolphe, qui l'embrassèrent les larmes aux yeux.

C'était l'enfant gâté. On ne résistait pas plus à son sourire qu'à son épée.

Les rixdales, les ducats, les florins tombaient comme grêle dans la casquette. Chacun donnait son offrande en prononçant une bonne parole. Anciens et Nouveaux luttaient de générosité, et bientôt le guillaume tout neuf de Frédéric disparut sous une récolte abondante. La casquette, remplie et gonflée, ne pouvait plus rien contenir.

— Merci pour elle, frères, dit Frédéric, quand il eut regagné sa place, vous êtes de bons petits pères, et votre fille sera à son aise encore cette année. Elle aura de belles robes de soie, de beaux voiles de dentelle, des fleurs, des parures qui ne pourront pas la faire plus jolie, mais cela ne suffit pas, les belles robes, les dentelles et les fleurs...

Il s'interrompit, et sa charmante figure prit une expression de gravité vraiment paternelle.

— J'ai bien réfléchi, poursuivit-il en secouant la tête lentement; non, cela ne suffit pas, il faut encore autre chose!

— Quoi donc? fut-il demandé.

Frédéric hésita.

— Dites-moi, reprit-il brusquement, vous l'aimez bien, n'est-ce pas?

— Comme la prunelle de nos yeux! s'écrièrent les Anciens.

Bastian cherchait un mot plus fort, mais il ne put le trouver. Quant aux jeunes Conscrits, ils n'osaient pas trop dire encore ce qu'ils ressentaient; mais l'enthousiasme est contagieux de sa nature, et depuis le premier jusqu'au dernier, ils étaient déjà les pères de Chérie.

— Pardonnez-moi de vous avoir demandé cela, continua Frédéric, moi qui sais que son bonheur est votre plus cher désir... Mais, ajouta-t-il d'un petit ton rassis qui lui allait à merveille, vous vous occupez trop de *scandal-contra*, de coups d'épée, de chansons politiques et d'autres sornettes, mes camarades. Quand on a l'épée à la main, on y va de bon cœur, et c'est bien; mais le reste du temps, croyez-moi, il n'y faut pas songer. Le reste du temps il faut songer à Chérie!

— A là bonne heure, dit Arnold en souriant.

Les autres l'imitèrent.

— Vous souriez, dit Frédéric sans se déconcerter. La voilà grande, pourtant! Elle a eu seize ans à la fête des Fleurs. Pour remplacer le père et la mère d'une orpheline, pensez-vous qu'il suffise de jeter des thalers dans un chapeau?

La question était nettement posée.

— Hein! fit Bastian, a-t-il du talent?

Les Anciens s'entre-regardèrent, et les Nouveaux pensèrent que ce blond chérubin, qui semblait être de leur âge, était décidément un garçon fort raisonnable.

Frédéric, cependant, baissait les yeux; on eût dit que la parole s'arrêtait maintenant sur ses lèvres. Sa joue devint toute rose lorsqu'il reprit :

— Avez-vous pensé parfois à une chose : c'est que Chérie va bientôt être en âge de se marier?

Il se fit un mouvement depuis les bancs des Conscrits jusqu'aux sommets où perchaient les Maisons moussues.

— C'est vrai! c'est vrai, cela! disait-on de toutes parts.

— Avez-vous pensé parfois, poursuivit Frédéric dont la voix s'altérait, que Chérie, dans la pureté de son cœur et même sans se l'avouer, a pu faire un choix?

Il y eut un silence étonné.

— Qu'en sais-tu? demanda Rudolphe.

— Je n'en sais rien, mon frère, répliqua Frédéric.

— Alors, pourquoi parles-tu ainsi?

— Parce que c'est possible et que je le crains.

Nous ne pouvons être les amis de la jeunesse allemande, et notre foi déteste les nuageuses erreurs qui sont la base de l'enseignement dans les universités d'Allemagne, mais il faut être juste surtout envers ses ennemis. Le sentiment qui animait ces jeunes gens était admirablement droit, nous ne saurions l'affirmer d'une façon trop énergique. Entre eux et Chérie, c'était générosité chevaleresque d'un côté, de l'autre filiale reconnaissance.

Le respect dont ils entouraient l'orpheline et qu'ils commandaient autour d'elle la faisait l'égale des héritières de notre maison, mais tout cela, en définitive, avait une couleur de légende et aucun des étudiants, pris en particulier, n'avait la vénérable tournure qui convient à un père.

La pensée exprimée par Frédéric existait sans doute chez plusieurs à l'état latent, et qui sait si des ambitieux n'avaient pas fait ce rêve de gloire : être le préféré de Chérie! la conduire à l'autel au milieu des hommages de l'université tout entière!

Chez nous, en France, il y aurait eu un petit grain de comique au fond de cette poésie, mais nous sommes à Tubingue.

Le blond Frédéric, assurément, ne plaisantait pas, car il reprit avec une énergie qui releva toutes les têtes à la ronde :

— Frères, supposons le choix de Chérie fait dès aujourd'hui, puisque nous sommes sûrs qu'elle le fera demain. Voilà où j'en veux venir : Celui que notre reine choisira, il faut qu'elle l'épouse.

Le rêve ambitieux dont nous parlions tout à l'heure avait été si réellement fait que trois Maisons moussues répliquèrent naïvement : « Nous sommes prêts! »

Seulement, il ne leur tomba point sous le sens que Chérie pût choisir en dehors de la famille des Compatriotes; et c'était en cela que le blond Frédéric, tout novice qu'il était, voyait plus loin qu'eux. Il eut un sourire mélancolique.

— C'est bien, mes frères, répliqua-t-il, hésitant à dévoiler sur le champ toute sa pensée; mais si la famille de celui qu'elle choisira s'oppose?...

— On te dit : Nous sommes prêts! répéta le chœur d'une voix de tonnerre, on raisonnera les parents.

Et Bastian ajouta :

— Il faudrait qu'une famille fût bien pimbêche pour faire la petite bouche vis-à-vis de Chérie.

— Moi aussi je suis prêt, murmura Frédéric avec émotion; mais je crois que vous ne me comprenez pas encore... Il faut prévoir tous les cas : si ce n'était pas un de nous?...

— Comment dis-tu? fit Rudolphe; pas un de nous?

Arnold haussa les épaules. L'assemblée était quelque peu refroidie.

— Dame! reprit Rudolphe le premier, que veux-tu, Frédéric? on ne peut répondre que pour soi!

— Si c'était un prince!... ajouta Arnold avec une légère pointe d'amertume.

— Si c'était l'empereur!... acheva Bastian, tout content d'avoir trouvé cela.

Et les autres de rire.

Frédéric frappa du pied; ses sourcils délicats se froncèrent, et l'on vit un éclair s'allumer dans son œil. Vous n'eussiez plus reconnu l'enfant doux et gai de tout à l'heure. Quand son front se redressa, on y vit luire comme un reflet de volonté souveraine.

— Mes frères, dit-il d'une voix qui vibra jusqu'au dernier recoin de la salle, que ce soit un paysan ou un prince, que ce soit un pauvre é adiant ou l'empereur, il faut que Chérie soit heureuse!

Sa parole entraînante allait chercher l'enthousiasme au fond des cœurs; c'était son âme qui semblait jaillir et s'épandre. On faisait silence, non point pour réfléchir ou pour résister à cette influence, mais pour écouter encore

— Et cependant, dit une voix, si celui qu'elle choisira, est notre ennemi?

C'était Baldus qui avait parlé; Baldus arrivait de Vienne et n'était pas de la Famille.

— Si celui qu'elle choisira est notre ennemi, répondit Frédéric, notre haine pour lui s'éteindra dans la tendresse que nous portons à Chérie. Nous sommes jeunes, nous sommes forts, rien n'est au-dessus de nous... Mes frères, sur le berceau de l'enfant, l'Université a fait un serment qu'elle a tenu. Sur la tête bien-aimée de la jeune fille, il faut que l'Université fasse un autre serment et qu'elle le tienne. Dites-vous encore : nous sommes prêts?

La réponse sortit à la fois de toutes les poitrines, et ee fut comme un sonore écho qui répéta :

— Nous sommes prêts!

— Jurons donc, reprit Frédéric, dont la voix se fit en même temps plus grave et plus douce, jurons que tout obstacle s'opposant au bonheur de Chérie sera brisé par nous. Et ne limitant notre serment qu'à la volonté même de Dieu, jurons que Chérie sera heureuse!

Toutes les mains s'étendirent, et après un silence plein de recueillement, on entendit tous les membres de la Famille prononcer en chœur d'une voix lente :

— En dépit de tout pouvoir humain et sauf la volonté de Dieu, nous jurons que Chérie sera heureuse!

Puis la grande salle resta muette durant quelques secondes. Arnold et Rudolphe étaient allés prendre les mains de Frédéric.

Celui-ci eut un frémissement et les vives couleurs qui naguère éclataient à son front pâlirent. Dans le silence, on avait entendu un pas léger qui descendait l'escalier intérieur de la Maison de l'Ami.

Puis une voix fraîche et brillante s'éleva qui chantait sur un air plein de gaieté, une chansonnette de famille dont le refrain était ainsi :

> Je suis la pupille
> De messieurs les étudiants,
> Trop jeunes pour avoir une si grande fille :
> Je suis la pupille
> De messieurs les étudiants.

— Chérie! murmura-t-on de toutes parts, pendant que Frédéric tremblait comme un malfaiteur surpris en flagrant délit.

C'est qu'en effet il pensait avec une sorte de terreur : « Une seconde de plus, elle m'aurait entendu plaider sa cause!... »

Ceux qui étaient auprès de la porte l'ouvrirent à deux battants, et Chérie, le sourire aux lèvres, franchit le seuil.

VI

LA BOURSE DE CHERIE

Chérie entra, sans sourciller, dans cette atmosphère enfumée qui eût fait tousser un grenadier. Que voulez-vous? c'était ici en quelque sorte, son air natal. Mais n'allez pas penser qu'elle fût pour cela une « émancipée »! Chérie n'avait jamais souillé au contact d'un cigare le pur corail de ses lèvres. Seulement, elle passait intrépide au milieu de ces grandes pipes allumées qui avaient encensé son berceau. Derrière Chérie venait sa gouvernante, dame Barbel, et le bon, l'excellent maître Hiob, dont nous ne saurions trop chanter les louanges.

Dans chaque ville de cycle, c'est-à-dire dans chaque ville contenant assez d'étudiants, au temps des vacances, pour qu'un Conseil de Famille s'y puisse réunir, il y a ce qu'on appelle une Maison de l'Ami. Pour dérouter un peu les tracasseries de la police, messieurs les étudiants choisissent volontiers pour ami quelque ancien bedeau (appariteur) retraité, qui puisse au besoin les couvrir de sa paisible renommée. Les bedeaux d'université en exercice sont presque toujours les espions des étudiants, et reçoivent pour cela des appointements de la police centrale; mais les bedeaux réformés ne reçoivent plus rien, et messieurs les étudiants se les concilient aisément au moyen de ces petits cadeaux qui entretiennent l'amitié.

Il arrive ceci: dès que les bedeaux deviennent les *amis* de messieurs les étudiants, la police centrale recommence à les payer, voilà tout. De sorte que l'amitié de messieurs les étudiants est véritablement une providence pour ces pauvres bedeaux réformés.

Or, maître Hiob était un bedeau en retraite. Il possédait au suprême degré la confiance de messieurs les étudiants. Sa demeure à Tubingue était la Maison de l'Ami; le vieil hôtel d'Abten-Strass, habité par sa respectable femme, était encore la Maison de l'Ami à Stuttgard.

Ce n'était pas tout : dame Barbel avait la garde de Chérie depuis sa petite enfance. Ce n'était pas tout encore: maître Hiob était, depuis la même époque, le banquier de Chérie, et les sommes versées annuellement par la famille des Compatriotes étaient confiées à sa probité scrupuleuse. Messieurs les étudiants étaient généreux, nous pourrions même dire magnifiques envers leur enfant d'adoption; maître Hiob recevait beaucoup d'argent; il est sous-entendu que Chérie n'en savait point le compte, et nous sommes forcé d'avouer que les membres de la famille n'étaient pas plus avancés que Chérie.

Ces fougueux Compatriotes, ardents à l'étude comme à la bataille, aimaient bien mieux payer que compter. Maître Hiob ne se plaignait point de cela.

Et tout le monde était content. Chérie vivait dans l'aisance; aucune parure ne manquait à sa beauté, aucune leçon à l'activité de son intelligence ou à son aptitude pour les arts : que pourrait-on demander de plus? La caisse du bonhomme Hiob s'emplissait d'année en année; cela ne faisait de mal à personne.

Les anciens entourèrent Chérie, la casquette à la main pendant que les nouveaux se levaient sur la pointe des pieds, à la fois curieux et craintifs, car ils avaient entendu parler de Chérie jusqu'au fond de leur village, et sa présence leur faisait autant d'effet, pour le moins, que la présence d'une véritable reine. Elle était bonne princesse, la reine, pas fière du tout et jamais sourire plus avenant ne put égayer lèvres plus fraîches. Elle fit tout d'abord une belle révérence et dit :

— Bonjour, mes tuteurs!

Arnold et Rudolphe lui baisaient le bout des doigts.

— Bonjour, mes oncles! reprit-elle en riant plus fort.

Et, à la ronde, elle distribuait des poignées de main à tous ceux qu'elle avait connus l'année dernière. Elle les appelait par leurs noms et demandait des nouvelles de ceux qui ne devaient point revenir. Car c'était ainsi : les tuteurs de Chérie, ses *oncles*, comme elle les nommait, depuis que, selon la chanson, elle était trop grande fille pour avoir de si jeunes pères, changeaient tous les ans. Elle voyait passer ceux qui l'aimaient, puis ils s'en allaient un beau jour, perchés sur l'impériale d'une diligence, en lui envoyant de loin un dernier adieu.

Bien souvent ceux-là réprimaient une larme qui se balançait au bord de leur paupière : car nous aurions beau le répéter cent fois, nous ne saurions jamais dire comme elle était aimée, la fille adoptive de l'Université!

Mais le fouet du postillon retentissait; les lourds chevaux frappaient du pied le pavé qui rendait des étincelles; la diligence s'ébranlait. Ils partaient, ces amis d'une année, ils entraient dans la vie réelle où le souvenir de Chérie les suivait quelque temps, puis mourait.

Aussi, parmi toute cette gaieté de la jeune fille, il y avait un fond de mélancolie. Chérie n'avait point de mère, et son cœur, si plein d'effusion, se fatiguait en ces tendresses changeantes qui la rendaient heureuse un jour pour s'enfuir bientôt comme des fantômes et laisser derrière soi l'amertume des regrets. Ainsi le voyageur, égaré dans les grèves tremblantes qui entourent le mont Saint-Michel de France, perd son courage avant de perdre ses forces, parce qu'il sent les sables mouvants céder à son effort et manquer sous ses pas.

Quand Chérie aperçut Frédéric, qui restait immobile à la même place, le sourire s'envola de ses lèvres; elle dit avec une sensibilité mêlée de tristesse :

— Bonjour, mes amis!

Puis elle se reprit encore et ajouta plus bas :

— Bonjour, mes bienfaiteurs!

Frédéric se détourna comme si Chérie lui eût dit personnellement une injure.

Mais déjà Chérie ne le regardait plus. Elle était là, au milieu du cercle, entourée d'hommages; on l'admirait, on la choyait, mais, et ceci vous donnera une idée du respect que leur bonne action même inspirait à ces jeunes gens, personne ne lui avait jamais dit qu'elle était belle.

Frédéric avait profité de cet instant où l'Université tout entière entourait la jeune fille, pour prendre à part maître Hiob, qui se tenait discrètement auprès de la porte.

— Voici pour elle, murmura-t-il en lui mettant dans les mains sa casquette pleine.

La casquette était si lourde que maître Hiob, pris à l'improviste, fut sur le point de la laisser tomber.

— Oh! oh! fit-il d'abord joyeusement.

Puis, rentrant soudain dans son rôle, il ajouta :

— L'enfant grandit, meinherr Frédéric, les besoins croissent; quant aux caprices, je n'en dis rien... mais Dieu sait si j'ai eu de la peine cette fois à nouer les deux bouts de l'année!

— Parlez plus bas, maître! fit précipitamment Frédéric, qui frémissait à la pensée que Chérie pouvait entendre; s'il faut davantage, on donnera davantage.

— Bon, bon, fit maître Hiob d'un accent grondeur. Des promesses... on ne fait pas bouillir la marmite avec des promesses!

Il paraît que du moins on achetait de la rente, car le vieux coquin avait au grand-livre de Vienne, par les soins de l'inspecteur-receveur-général Muller, une inscription des plus respectables.

— J'ai pensé, dit dame Barbel en s'approchant... votre servante, mon jeune herr Frédéric! l'an qui vient, vous allez avoir une paire de moustaches... Ah! ah! vous poussez, vous autres, et cela nous renvoie!

— Qu'avez-vous pensé, dame? interrompit Frédéric impatienté.

— J'ai pensé qu'on pourrait s'arranger autrement, dit dame Barbel avec un sourire aimable. Au lieu d'appeler les fonds au mois de septembre et à la pâque, si l'on faisait tous les mois une petite collecte?...

Les yeux de la bonne dame brillaient d'avidité.

— C'est une idée! murmura l'ancien bedeau; songez-y, meinherr Frédéric, puisque vous paraissez vous intéresser spécialement à la chère petite.

Frédéric eut une démangeaison de jeter le digne couple par la fenêtre; mais il tourna le dos en disant :

— J'y songerai.

Pendant cela, le regard de Chérie errait tout autour de la salle.

— C'est donc quelque chose de bien important qui vous retient ici, mes amis? disait-elle avec distraction. Le repas est fini, on a remarqué votre absence, et j'étais toute seule, moi qui ne sais pas un mot de latin, pour représenter la savante Université de Tubingue!

Bastian l'écoutait, bouche béante; il se disait :

— A-t-elle du talent!

Chérie, cependant, n'avait pas perdu un seul des mouvements de Frédéric. Il était le seul à qui elle n'eût point tendu la main, le seul à qui eût manqué son cordial et gracieux salut. Elle attendait, elle craignait à la fois le moment où Frédéric allait s'approcher d'elle.

Mais Frédéric, en quittant maître Hiob, avait fait le grand tour d'un air soucieux pour aller s'asseoir tout à l'autre bout de la salle. Le cœur de Chérie se serra. Elle était fière; elle rappela sur ses lèvres son sourire.

— Manquerez-vous au bal comme au dîner? demanda-t-elle gaiement; je viens chercher ici des danseurs pour ne point rester sur ma chaise, pendant que la comtesse Lenor, qui est si belle, attirera tous les hommages.

— Coquette! murmura Rudolphe.

— Vous savez bien que partout où vous serez, Chérie,

ajouta Arnold, les hommages n'iront point à d'autres qu'à vous!

— Diable d'enfer! pensa Bastian avec dépit; tout le monde, excepté moi, la bourre de douceurs...

Il toussa bruyamment et s'écria :

— On s'en fiche pas mal, de la comtesse Lenor! En voilà une pour qui je ne maigrirai pas... Tandis que j'en connais d'autres... Enfin, n'importe!

Quand on est en veine, on ne s'arrête pas en si bon chemin. Bastian avisa Frédéric qui rêvait, la tête appuyée sur sa main, Frédéric portait encore, nouée autour de ses épaules, la belle ceinture que le roi Guillaume avait donnée pour prix du tir à l'arquebuse. Bastian ne fit qu'un saut jusqu'à lui.

— Dis donc, murmura-t-il à l'oreille du jeune vainqueur, tu ne t'occupes pas de ces détails-là, toi, mais moi, j'y pense à ta place, parce que je suis ton meilleur ami. Cette écharpe est pour Chérie, pas vrai?

Frédéric fit avec distraction un signe de tête affirmatif. Bastian ouvrit une fenêtre; la mélodie d'une valse de Weber arriva jusqu'aux oreilles de Frédéric comme un lointain écho.

— Entends-tu cela? demanda Bastian.

Frédéric passa ses doigts dans ses cheveux. Il souffrait et n'eût point su dire ce qui causait sa souffrance.

— Il est quatre heures sonnées, reprit Bastian, et ces bruits harmonieux viennent de la salle de bal. Un, deux, trois! ça m'enlève, moi, cette valse, et je me sens vaporeux comme une sylphide... Un, deux, trois!

Il arrondit ses bras et balança son gros corps en trois temps.

— Mais ce n'est pas tout ça, reprit-il brusquement. Si tu veux donner l'écharpe à Chérie, si tu veux que Chérie en soit parée au bal, il n'est pas trop tôt. La voilà qui va partir.

Frédéric fit un geste de fatigue.

— Bien, mon ami, bien, dit-il.

Maître Hiob et sa femme s'étaient mis dans un coin, le nez collé à la muraille, et supputaient avec zèle le contenu de la casquette.

— Après ça, dit Bastian, qui joua l'indifférence, si tu ne veux pas te déranger, donne-moi l'écharpe, je vais la lui porter.

Frédéric défit le nœud de l'écharpe que les belles mains de Chérie elle-même avaient serrée autour de ses épaules, et l'avaleur de bière s'en empara comme d'une proie. Il ne demanda point son reste.

— L'orchestre nous appelle, disait en ce moment Chérie, je veux vous emmener tous à la salle de bal, pour que la comtesse Lenor voie si ma cour est aussi nombreuse que la sienne!

Les désirs de Chérie étaient des ordres : la porte fut grande ouverte et le défilé commença. En ce moment la jeune fille vit Bastian qui s'approchait d'elle l'écharpe à la main. Elle détourna la tête comme pour éloigner l'annonce d'un malheur.

— Voilà pour vous, reine Chérie, dit le gros étudiant qui lui passa galamment l'écharpe autour du cou.

Chérie ne put retenir un cri de son cœur.

— Pourquoi ne me la donne-t-il pas lui-même? demanda-t-elle d'une voix tremblante.

Puis elle baissa les yeux, confuse et irritée contre elle-même.

— Qui ça? fit Bastian, Frédéric a bien d'autres chats à fouetter vraiment!

Tous les étudiants avaient passé le seuil. Chérie arriva la dernière devant la porte et jeta un regard vers Frédéric, qui avait sa tête entre ses mains.

— Il faut que je sache... murmura-t-elle, il faut que je sache pourquoi il m'évite ainsi! Que lui ai-je fait pour qu'il me déteste?

— Que lui ai-je fait, pensait Frédéric, pour qu'elle me haïsse et pour qu'elle m'évite? Tous nos frères ont eu leur part de son charmant accueil. Elle leur a parlé, affectueuse et souriante...

— Ils sont tous venus à moi, se disait encore Chérie, tous, la main tendue et le sourire fraternel sur les lèvres. Lui seul est resté sévère et triste.

— Quand son regard est tombé sur moi, continua Frédéric, perdu dans sa rêverie, elle a changé le nom d'ami en celui de bienfaiteur!

— Quand c'eût été son tour de venir, acheva Chérie, il a trouvé un prétexte... Il est allé vers maître Hiob... Oh! il me déteste!

Et au même instant. Frédéric concluait avec désespoir :

— Jamais elle ne m'aimera!

Chérie sortit, parce que la famille des Compatriotes ressemblée sur la place l'appelait; mais en sortant elle se dit résolûment :

— Coûte que coûte, je vais revenir et je saurai!

Frédéric était seul dans la grande salle. Cette fatigue qu'il ne ressentait point tout à l'heure parce que l'enthousiasme le soutenait, cette fatigue du voyage le reprenait plus lourde et plus accablante. Il se redressa un instant, comme s'il eût voulu s'éveiller et lutter contre les passes d'un magnétiseur invisible. Puis ses yeux battirent, lassés, et sa tête vacillante se renversa sur le dossier de son fauteuil.

Il dormait quand Chérie, qui était parvenue à s'échapper, rentra dans la salle. Chérie avait un peu perdu de sa bravoure. Un instant elle s'arrêta devant la porte de la Maison de l'Ami, où il n'y avait plus personne. Ses regards inquiets interrogèrent les alentours. Si elle avait aperçu quelqu'un aux environs, ne fût-ce qu'une fillette du village de Ramberg ou un simple paysan, Chérie ne serait pas entrée dans la Maison de l'Ami. Dieu sait pourtant qu'il n'y avait rien que de bon dans le sentiment qui la poussait à cette heure. C'était le meilleur de son cœur qui lui parlait et qui lui disait : « Entre! »

Nous ne connaissons pas encore Chérie, et tout à l'heure nous tenterons de lire au fond de son âme; qu'il nous suffise de dire à présent qu'elle était comme nous tous, pauvres enfants d'Adam et d'Eve entre le bon et le mauvais ange.

Hélas! oui, Chérie, la douce fille au radieux regard, avait un mauvais ange qui parlait tout bas à son oreille gauche et qui l'appelait vers le mal. Mais Dieu merci! à la droite de son cœur, il y avait le bon ange qui veillait.

Or il ne se trouvait, dans cette partie du village, ni une fillette ni un garçon. Tous et toutes étaient à la danse. Chérie entra, et ce fut d'un pas rapide, car elle se sentait en ce moment bien décidée.

Parfois le courage dure peu; Chérie voulait profiter de

cet instant de courage. Elle referma la porte de la grande salle et marcha vers Frédéric qu'elle appela doucement.

Frédéric ne répondit point. Il était assis à contre-jour devant une fenêtre où se jouaient les rayons du soleil couchant. La lumière frappait violemment les yeux de Chérie et laissait dans l'ombre le visage de Frédéric. Chérie ne voyait pas qu'il dormait. Elle s'arrêta, étonnée de n'avoir point reçu de réponse, et déjà sa résolution s'en allait. Il eût fallu, pour bien faire, une explication soudaine : une demande, une réplique, de la franchise des deux côtés.

Chérie ne répéta point son appel; Chérie n'osait déjà plus. Elle s'approcha de Frédéric sur la pointe du pied, dès qu'elle devina son sommeil; elle s'arrêta devant lui en retenant son souffle et le contempla endormi. Il était pâle. Sous la fatigue qui contractait son visage, il y avait de la tristesse. Ses cheveux blonds bouclés faisaient comme un cadre à sa figure douce et fière; sa tête se penchait sur son épaule, et ses lèvres entr'ouvertes laissaient échapper un souffle pur comme celui d'un enfant.

Chérie en le regardant avait les yeux humides. Elle se tourna lentement vers l'autre extrémité de la salle où brillait cette rangée de longs glaives nus qu'on appelait le râtelier de l'Honneur. Une larme roula sur sa joue.

— Si jeune! murmura-t-elle; c'est presque un enfant!

Frédéric s'agita dans son sommeil, comme on fait quand ce reste de conscience qui survit à l'engourdissement du repos sent ou devine vaguement la présence d'un étranger. On ne s'éveille pas, mais le corps bouge, l'esprit travaille et s'efforce, et le rêve commencé profitant de tout cela, s'assimile en quelque sorte ce labeur intime et les mouvements extérieurs.

Frédéric rêvait; Chérie se pencha curieuse d'entendre. Frédéric se prit à sourire, mais sa bouche n'articulait aucune parole.

— Il est heureux! pensa Chérie, dont la voix avait une expression d'amertume; et pourtant j'ai vu s'allumer l'éclair de son œil; j'ai vu tout son corps frémir de colère quand le baron de Rosenthal a dit, après sa défaite : « J'aime mieux le second prix que le premier! »

Il paraît que, dès le commencement de la fête, Chérie était plus avancée que ses tuteurs, messieurs les étudiants puisqu'elle savait le nom du beau chasseur inconnu. Souvenons-nous que celui-ci l'avait saluée alors qu'elle trônait en haut de son estrade.

Cette phrase dont Chérie avait si bien retenu chaque parole : « J'aime mieux le second prix que le premier » avait une signification, puisque le second prix, la bague de saphir, était un don de Chérie, l'honneur de fournir le premier prix ayant été réservé à la jeune comtesse Lenor.

Cette phrase, la comtesse Lenor ne l'avait point entendue, bien qu'elle fût aussi près des vainqueurs que Chérie. Pourquoi Chérie toute seule, avait-elle pu en saisir le sens?

Un bruit se fit au dehors. Chérie se redressa en sursaut et regarda par la fenêtre. Elle vit, dans l'allée d'arbres qui bordait la Maison de l'Ami, la comtesse Lenor au bras du baron de Rosenthal. La comtesse Lenor avait une toilette nouvelle, une toilette de bal; le baron avait mis bas ce déguisement de fantaisie dont il s'était affublé pour disputer le prix du tir. Il portait son costume de colonel des chasseurs de la garde.

Lenor et lui échangeaient quelques paroles distraites. Immédiatement derrière eux marchait le comte Spurzeim, conseiller privé honoraire, qui s'appuyait au bras du fidèle et inévitable Hermann.

Monsieur le comte avait mis un œil de poudre à sa perruque et sur son visage, rude comme parchemin, une nouvelle couche de gaillardise diplomatique. C'était bien là un conseiller privé de la bonne école, très fin, très fort, très astucieux, très profond. Il regardait d'un œil matois le jeune couple qui le précédait et faisait des signes à Hermann, son domestique, dont l'honnête figure s'évertuait à prendre une expression astucieuse.

Comme nous l'avons dit, le soleil couchant dardait ses rayons à l'intérieur de la grande salle de la Maison de l'Ami. Par la fenêtre on pouvait apercevoir sur le premier plan et vivement éclairée, la figure de Chérie. Le vide de la salle semblait sombre et faisait ressortir le teint éblouissant de la jeune fille. Derrière elle, au fond dans les demiténèbres, les glaives nus renvoyaient çà et là, en étincelles mobiles, la lueur rougeâtre du couchant.

La comtesse Lenor passa, tête baissée : elle semblait pensive. Le baron de Rosenthal, au contraire, tourna la tête vers la Maison de l'Ami; à la vue de Chérie, il inclina le front respectueusement, et levant le doigt de la main gauche où brillait le saphir, il l'effleura de ses lèvres.

Le comte Spurzeim avait tout vu; il enfonça ses doigts osseux dans l'épaule dodue d'Hermann et lui dit :

— C'est tissé, vois-tu bien, comme une toile d'araignée, et encore plus délicatement. Mon cher neveu est une mouche un peu grosse, mais il s'y prendra, je t'en donne ma parole d'honneur!

— Ah! fit Hermann avec gravité; monsieur le comte a tant de coquinerie dans l'esprit!

— Comment, drôle! se récria le conseiller privé honoraire, de la coquinerie!

Mais il se ravisa, et un sourire triomphant repapillota les rides de ses joues.

— C'est que c'est le mot! prononça-t-il à demi-voix; nous ne cherchons que plaies et bosses, nous autres! Coquinerie délicate et subtile coquinerie!... ma foi! le maraud a trouvé le mot!

Le baron de Rosenthal, Lenor, le vieux comte et son valet avaient tourné l'angle de la maison. Chérie resta un instant à la même place, abasourdie et comme atterrée.

Puis, son regard revint à Frédéric endormi et ses mains se joignirent pendant qu'elle pensait tout haut :

— Mon Dieu ayez pitié de moi! sainte vierge, je ne veux pas qu'il meure!

VII

LE SECRET DE CHERIE

La riante vallée du Neckar se voilait déjà sous les demi-teintes du crépuscule du soir, tandis que le sommet du coteau où s'asseyait le village de Ramberg étincelait encore aux derniers rayons du soleil. La salle de danse et ses environs attiraient à eux tout le mouvement et toute la vie. Il régnait dans le reste du bourg un calme profond, un silence que ne comportaient point les jours ordinaires du travail.

Il en est ainsi quand une cité célèbre sa fête. De même que chez l'homme livré au plaisir, toute la chaleur et tout le sang se jettent vers les centres vitaux, de même la ville égayée déserte ses faubourgs pour affluer sur la place publique. Paris lui-même, présente à certains jours ce spectacle curieux. L'étranger peut s'y perdre dans les rues abandonnées, pendant que le passage est obstrué par la cohue tout le long des boulevards. Ici le mouvement désordonné, là, le silence et la solitude.

Le lendemain, après une nuit de lourd sommeil, le boulevard s'éveillera calme et triste, tandis que la vie aura reflué vers les faubourgs, ces grandes artères du travail. De la fête, il ne reste déjà rien qu'un peu de lassitude. La ville a eu sa congestion cérébrale; on l'a saignée, elle s'est guérie, et la voilà qui vaque à ses affaires quotidiennes, encore un peu hebétée et engourdie.

Entre le bon bourg de Ramberg et la ville de Paris il y a certes de la marge; mais, du petit au grand, toutes les villes et toutes les fêtes se ressemblent.

Donc, autour de la Maison de l'Ami, à mesure que la journée avançait, c'était un silence plus grand, une solitude plus complète. Maître Iliob lui-même, l'ancien bedeau, et sa digne femme Barbel, ayant achevé de compter l'argent de la casquette, avaient gagné, bras dessus, bras dessous, la salle de danse.

Aucun bruit ne venait troubler le sommeil de Frédéric, et Chérie demeurait là, près de lui, toujours perdue dans ses pensées.

Nous savons la naissance de Chérie; on nous a dit l'histoire romanesque de son enfance, et nous devinons bien ce que furent ses premières années, choyées et gâtées par la tendresse enthousiaste des jeunes gens de l'école.

Ce qui ne se devine pas, c'est le secret d'une jeune fille, et il faut pourtant bien que nous connaissions enfin la reine Chérie. C'était un caractère étrange, d'une douceur exquise et parfois d'une virile fermeté; son cœur ressemblait à son visage, où la suavité des lignes n'excluait point la force, où l'intelligence brillait parmi la grâce. Sous ses cheveux blonds, si légers, si charmants, il y avait un front pensif; sa bouche, qui savait si bien sourire, savait être sévère aussi, et ses grands yeux bleus candides, quand ses longs cils fauves se baissaient, devenaient d'un azur si foncé qu'on eût dit le regard d'une brune.

Depuis ce jour fatal où les étudiants, compagnons de son père, et qui ne savaient point le nom de cette pauvre petite enfant tout à coup abandonnée, l'avaient baptisée *Liebchen* (Amour, Mignonne, Chérie), elle n'avait eu pour entourage, à part les étudiants eux-mêmes, que dame Barbel et maître Hiob.

Dame Barbel la traitait bien, elle était payée pour cela; l'ancien bedeau et sa femme regardaient Chérie comme leur poule aux œufs d'or; ils n'avaient garde de la mécontenter. S'ils eussent été bonnes gens, Chérie les aurait aimés, car son cœur ne demandait qu'à s'ouvrir; mais il y avait dans sa nature une délicatesse clairvoyante, ou plutôt une sorte d'instinct qui l'éloignait du couple économe à qui son enfance avait été confiée. Elle ne voulait point de mal à maître Hiob ni à sa femme, mais jamais il ne lui était venu à l'idée de les choisir pour confidents de ses petits chagrins ou de ses joies intimes.

A Tubingue, où s'étaient écoulés ses premiers ans, puis à Stuttgard, elle voyait les autres jeunes filles jouer ensemble et s'entr'aider; quelque chose la retenait quand l'envie lui venait de se mêler à leurs jeux. Et une fois qu'elle passa par-dessus cette réserve timide, elle devait se souvenir de cela toute sa vie, les enfants joyeux qu'elle abordait le sourire aux lèvres, la regardèrent avec de grands yeux étonnés.

— Tiens! dit un beau petit ange, voilà la fille élevée par charité!

Chérie s'en alla, les joues baignées de larmes, et ne voulut pas dire à dame Barbel ce qui lui était arrivé.

Ce fut la seule tentative que fit jamais Chérie pour entrer dans le monde, pour se mêler à ceux qui vivaient de la vie commune, pour s'asseoir enfin à ce grand banquet de la cité, où chacun, depuis l'enfant jusqu'au vieillard, a sa place, petite ou grande.

Lorsque Chérie fut ainsi repoussée, elle avait à peine six ans. Depuis lors, elle se tint pour bannie et accepta la proscription. Le mot que nous employons ici est fort exagéré sans doute. A proprement parler, personne ne songeait à proscrire Chérie, surtout depuis qu'elle était jeune fille et que sa beauté sans rivale éblouissait tous les regards. Au contraire, il était de mode et de bon ton parmi les dames de Stuttgard de s'occuper d'elle avec bienveillance; on condescendait à reconnaître que sa vie était pure autant que le brillant éclat de ses yeux; on lui souriait, en vérité, à la promenade et à l'église. Mais, vous savez, c'était ce sourire qui naît sur le passage de « l'attraction » en vogue, ce sourire qui est cousin germain de celui qu'on donne à la girafe ou au singe du Jardin des Plantes, ce sourire que les vaniteuses et même les orgueilleuses acceptent comme un triomphe et qui tuerait une femme de cœur, — ce sourire, enfin, qui désigne avec bonhomie, qui insulte sans malveillance, qui montre au doigt purement et simplement.

Croyez que le monde est avare de ce sourire et qu'il ne le donne pas au premier venu. Nous savons des messieurs et des dames qui n'ont jamais pu l'obtenir.

Chérie n'en voulait pas, de ce sourire. Mais elle n'était point faite comme ceux qui protestent hautement contre l'ostracisme mondain. Elle avait sa fierté à elle, et sa fierté dédaignait la fierté commune. Il lui semblait que réclamer contre la sentence de ce tribunal, c'était le reconnaître : aussi, Chérie ne réclamait point. Elle passait modeste et froide, parmi ce monde qu'elle se fût concilié d'un mot peut-être.

Elle était trop haute pour ne se point montrer affable et polie; mais elle souffrait. Souvent quand elle voyait passer d'autres jeunes filles au bras de leur mère, elle pleurait amèrement et longtemps. Une mère!... oh! que celles-là devaient être heureuses! Oh! comme il leur était facile d'être bonnes!

Puis, le petit cheval noir de Chérie piaffait, impatient, dans la cour; elle boutonnait le long de sa taille svelte, le drap noir de son amazone; le chapeau de feutre, où fouettait le voile vert, emprisonnait les boucles de sa chevelure, et la voilà partie, plus rapide que le vent, laissant derrière elle des tourbillons de poussière et souriant et ne songeant plus à sa douleur guérie!

Toute seule dans ces riantes campagnes qui suivent le cours du Neckar, tantôt galopant dans les prés, tantôt assise dans les grandes herbes émaillées de fleurs; toute seule avec elle-même, avec son esprit rêveur et avide de connaître, avec son cœur qui n'avait pas encore battu; toute seule, la belle entre les belles, l'admirée et la bien-aimée!

Les pâtres qui mènent leurs troupeaux dans ces fraîches prairies arrosées par le fleuve la connaissaient bien, et venaient écouter sa chanson.

Parfois un officier de la garnison de Stuttgard ou quelque gentilhomme des environs, se prenait à la suivre. Chérie n'était ni farouche ni revêche. Quand on saluait Chérie, que l'on fût paysan, soldat ou châtelain, elle répondait en souriant. Mais si l'officier ou le gentil-homme, je ne parle pas du paysan, voulait l'approcher de trop près, il y avait ce petit cheval noir qui était fée. Il n'attendait jamais l'avertissement de la cravache que Chérie tenait à la main; il secouait sa crinière soyeuse, ses naseaux fumaient, et il partait des quatre pieds à la fois. Suivez donc un oiseau qui s'envole! le petit cheval noir de Chérie allait plus vite qu'un oiseau!

Et c'est alors qu'il fallait la rencontrer sur le penchant de la montagne ou tout au fond des vallées; ses yeux bril-laient de cet éclair humide qui s'éteint avec la jeunesse; ses cheveux dénoués flottaient avec son voile. Sous l'ombre épaisse des grands arbres, en quelque lieu retiré, le mors avertissait le petit cheval noir, qui s'arrêtait court sur ses jarrets tremblants, Chérie sautait à terre et s'enfonçait, déjà rêveuse, dans le bosquet.

Maintenant ses paupières étaient baissées; entre les franges de ses longs cils, son regard alangui glissait... où allait sa pensée, alors? Elle se souvenait peut-être de ce mot cruel qui avait fait tomber sa main tendue vers le monde inconnu: « C'est la fille élevée par charité!... »

Et il lui fallait l'espace, le mouvement, la course. Le petit cheval noir reprenait le galop par les monts et par les vallées.

Et le jour s'écoulait.

Mais chaque jour qui s'en allait ainsi laissait Chérie plus triste. Elle ne montrait sa tristesse qu'aux hôtes muets de la solitude. Dès qu'un regard se fixait sur elle, Chérie se redressait vaillante; nul ne la devinait : à ses amis comme à ses ennemis, elle voulait se montrer heu-

8

reuse. A ses ennemis par fierté, à ses amis par reconnaissance.

Car elle aimait de tout son cœur ces enfants généreux qui avaient essayé de remplacer auprès d'elle son père et sa mère. Il y a quelque chose d'invraisemblable dans cette tendresse ainsi divisée et répartie sur tant de têtes; mais il est certain que Chérie se fût dévouée de tout son cœur pour quiconque faisait ou avait fait partie de l'Université de Tubingue. Elle connaissait tous les étudiants par leurs noms; et jamais l'absence n'avait pu effacer un seul de ces noms dans sa mémoire.

Pour elle l'Université était un être de raison, un ami collectif, chaque étudiant avait part égale dans son affection. Elle savait comme elle était tendrement aimée; elle savait que si l'on découvrait sa tristesse, ce serait un deuil général, et Chérie voulait payer avec de la joie les bienfaits de ses jeunes tuteurs.

Aussi, nul parmi eux ne se doutait des pensées qui assiégeaient l'esprit de leur belle reine. Quand elle les abordait, tout nuage disparaissait de son front, et son délicieux visage n'exprimait plus que l'insouciance et le bonheur. Elle était la gaieté de toutes les fêtes universitaires, l'entrain de toutes les réunions, l'orgueil de toutes les cérémonies. Et les étudiants n'avaient garde de s'inquiéter de l'avenir de leur cher trésor.

Une fois, c'était à la fin des vacances, parmi les jeunes gens qui arrivaient pour entrer à l'Université de Tubingue, il y en eut un qui excita la raillerie générale, parce qu'il arrivait conduit par sa mère, une pauvre bonne femme, habillée en paysanne, qui pleurait toutes les larmes de son corps et semblait ne point pouvoir se séparer de son fils.

— Ils se moquent de toi, tu vois bien, enfant, disait-elle; tu seras malheureux ici; reviens avec moi!

Le jeune homme, qui avait les yeux rouges de pleurs, lui rendait ses baisers, mais ne voulait point partir. Chérie regardait tout cela, émue presque autant que le fils et la mère. Elle alla prendre le jeune homme par la main.

— Il ne sera pas malheureux ici, bonne dame, dit-elle, car je serai son amie et je le protégerai.

La paysanne leva sur elle ses yeux humides et crut voir un ange de miséricorde. Elle ne s'informa point de ce qu'était Chérie; elle eut confiance et lui livra son fils pendant que la bonne femme s'en allait bien lentement, se retournant à chaque pas et envoyant de loin des baisers.

Chérie et son protégé arrivèrent au milieu du groupe respectable des Maisons moussues, en se tenant par la main, et ce fut sous les auspices de Chérie que Frédéric fit son entrée dans l'Université de Tubingue. Car l'enfant craintif, l'enfant aux yeux mouillés de larmes, qui regardait partir sa mère en étouffant de gros soupirs, c'était Frédéric; et vous n'eussiez point deviné qu'en moins de deux années, ce blondin tremblant allait conquérir à grands coups d'épée le titre enviable et redouté de roi des Crânes.

Ce n'était pas du moins Chérie qui devinait cela; et pour qu'une grande affection entrât pour la première fois dans son cœur, il fallait peut-être cette condition de faiblesse apparente. L'idée de protéger séduisit cette jeune fille qui n'avait jamais eu la joie d'obéir à sa mère, et à qui rien n'avait révélé la chère dépendance de son sexe.

A vrai dire, elle avait été élevée à peu près comme un petit garçon au milieu de tous ces jeunes hommes. Cette éducation avait mis en elle quelque chose de mâle que voilait heureusement la gracieuse douceur de sa beauté. Si Chérie avait eu des cheveux noirs, des sourcils d'ébène hardiment dessinés et ce poil follet qui entoure la lèvre de plus d'une jolie femme, Chérie nous eût fait peur. Mais c'étaient de légères boucles dorées qui se jouaient sur son front, et le suave azur d'un ciel de printemps brillait doucement entre ses paupières.

Chérie ne permit point qu'on fît subir à Frédéric ces dures épreuves des premiers jours, qui sont la plaie de toutes les écoles en France, hélas! plus encore qu'en Allemagne. Chérie prit littéralement Frédéric sous son aile, et quand on lui demandait en riant la cause de cette sollicitude, elle répondait : « Je l'ai promis à sa mère. »

Nous l'avons dit, c'était par surprise que le premier sentiment pouvait se glisser dans ce cœur. Mais aussi ce cœur, en face de la faiblesse, n'eût aimé qu'à demi; pour grandir la tendresse une fois née, il ne fallait rien moins qu'un étonnement, j'allais dire une admiration.

Et voilà que l'étonnement vint, l'admiration aussi! Voilà que l'enfant timide secoua un jour, du premier coup, sa blonde chevelure comme une crinière de lion, et démolit une demi-douzaine de Maisons moussues. Le conscrit était un héros. Ce bras frêle était de force à soulever une montagne. Cet œil doux, quand il voulait, lançait la foudre.

Vers la Pâque, les Anciens de l'Université de Tubingue

décidèrent dans leur sagesse qu'il fallait mettre à la raison ce Renard révolté; il y eut un *pro patria scandal* comme on n'en avait jamais vu de mémoire universitaire. *Der Teufel!* pas un glaive ne resta suspendu au râtelier de l'Honneur. En résultat, on lacéra plusieurs douzaines de redingotes, on perdit plusieurs douzaines de palettes de sang, et maître Frédéric, sans blessure aucune et frais comme une rose, fut nommé sur le champ de bataille première Epée de l'Université.

Alors, Chérie se retira de lui. C'était la seconde phase. Chérie fuyait parce qu'elle avait peur. Notre blond Frédéric, lui, avait beau être un espadon de première force, il ne voyait goutte en ces mystères. Il avait aimé Chérie tout de suite, parce qu'elle était bonne, parce qu'elle était belle. A mesure qu'il l'avait connue davantage, sa tendresse avait grandi et s'était exaltée par un mélange de respect et de reconnaissance. Personne n'ignore, en effet, la persistance des premières impressions : Frédéric ne pouvait oublier que Chérie lui était apparue tout d'abord comme une providence.

Tant que dura ce bon temps, où le sourire de Chérie semblait partout le chercher, il fut heureux comme un roi; mais dans son bonheur même, il y avait du doute, parce qu'il se disait toujours :

— Comment se fait-il que notre reine m'ait justement choisi, moi, pauvre et inconnu, parmi tous ceux qui l'entourent à mains jointes?

Quand Chérie s'éloigna de lui, Frédéric tomba dans le découragement, il ne fit aucun effort pour regagner les bonnes grâces perdues de la jeune fille. Il ne se demanda point quel crime il avait commis; il se dit tout bonnement : « J'étais fou, j'avais rêvé l'impossible. »

Les voilà donc tous les deux dos à dos, Chérie et Frédéric, se croyant séparés par des abîmes. Si vous leur eussiez donné de vrais obstacles à franchir, ils se seraient réunis d'un seul bond; mais ces petits fossés que creusent les méprises, les malentendus, les mauvaises hontes, sont plus difficiles à sauter que les plus larges précipices. Pendant que Frédéric soupirait et se désolait, Chérie perdait ses belles couleurs, et chaque fois qu'il lui fallait sourire pour ne point attrister ses chers tuteurs, elle souffrait le martyre.

Les choses marchèrent ainsi durant de longs mois. Les vacances vinrent. Frédéric partit pour aller voir sa mère. L'absence est quelquefois un pont jeté sur ce diabolique fossé dont nous parlions tout à l'heure, car, après l'absence, il y a le retour et l'instant du retour est entre tous propice.

Frédéric et sa bonne mère avaient si souvent parlé de Chérie! et Chérie avait tant pensé à Frédéric!

Hélas! nous l'avons vu, le retour : pourquoi Frédéric, le maladroit enfant, avait-il cédé à la fatigue? pourquoi s'était-il endormi au moment même où Chérie venait vers lui?

A cause de cela, Chérie avait eu le temps de réfléchir; le colonel avait eu le temps de passer sous la fenêtre... Au jeu des arquebuses, Frédéric avait gagné la partie; qui sait si le baron de Rosenthal n'allait point prendre sa revanche?

Chérie n'avait pas dans le cœur un atome d'ambition égoïste. C'était une nature choisie, et son âme était belle

autant que son visage; mais Chérie était femme : la vengeance est le mets favori des femmes et des dieux. Chérie
avait à se venger. On l'avait dédaignée. Dans cette orgueilleuse ville de Stuttgard, il y avait des épouses de margraves, des chevalières de Sainte-Elisabeth et même des
bourgeoises qui ne s'étaient point assez cachées pour la
regarder comme une bête curieuse.

Aujourd'hui donc, tout en attendant que Frédéric
s'éveillât de ce malencontreux sommeil, Chérie tira de
son sein une lettre, fermée par un cachet armorié :

— Je serais baronne d'empire! murmura-t-elle.

Comprend-on bien? Chérie, la protégée de messieurs
les étudiants, la petite fille dont on avait le droit de parler
comme d'une danseuse de corde ou comme d'une écuyère
rompue au saut des oriflammes! baronne d'empire!

Elle rentrerait à Stuttgard l'égale de ses ennemies, tout
en leur restant supérieure, en beauté, en grâce, en esprit,
en jeunesse. C'est comme cela que les femmes d'esprit
se vengent.

Chérie tourmentait la lettre entre ses mains. La lettre
était du baron de Rosenthal, et Chérie l'avait trouvée le
matin à son chevet, avant de quitter son réduit d'Abten-
Strass. La lettre était courtoise et respectueuse. Après
l'avoir lue, Chérie avait, en vérité, le droit de prononcer
ces mots dans son rêve : « Baronne d'empire! »

Et c'était de propos délibéré, nous pourrions même dire
de force, que Chérie tournait sa méditation de ce côté.
En ce moment, il lui plaisait de faire de la *sagesse*, de se
parler raison à elle-même, de discuter son avenir.

Elle cherchait un refuge contre le sentiment qui l'entraînait vers Frédéric.

Baronne d'empire! La richesse, le luxe, les honneurs, sans parler de la victoire remportée sur les épouses de margraves et sur les conseillères!

Mais le regard de Chérie tombait malgré elle sur Frédéric endormi, et tout cet échafaudage ambitieux qu'elle avait laborieusement élevé croulait comme par magie : il ne restait rien en elle que son bon cœur. Cette lettre, qui était la fortune, Chérie ne savait même plus l'avoir entre ses mains. Quand elle la retrouva, elle eut honte et la cacha précipitamment dans son corsage.

Puis elle se leva d'un brusque mouvement et secoua le bras de Frédéric, qui ouvrit les yeux : Chérie demeura interdite et sans parole. Frédéric regarda autour de lui avec étonnement. Chérie se repentait déjà; elle eût voulu trouver, du moins, un moyen adroit pour entamer l'entretien.

On sait ce que valent ces adresses, en tout comparables à la diplomatie transcendante du conseiller privé honoraire comte Spurzeim. Frédéric, plus gauche qu'elle et mille fois plus timide, n'osait même plus la regarder.

— Vous étiez là, Chérie? balbutia-t-il.

La jeune fille venait d'avoir une merveilleuse idée. En somme que voulait-elle? savoir définitivement une chose qui ne se demande pas, et qu'il faut deviner ou surprendre. Voyez quelle bonne ruse Chérie avait improvisée :

— Oui j'étais là, Frédéric, dit-elle; vous songiez tout haut, et je vous écoutais.

Frédéric devint pâle.

— Ah! fit-il avec un effroi visible, je songeais tout haut!...

A son tour, Chérie se sentit froid dans les veines. Pourquoi cette terreur qui se peignait sur le visage de Frédéric? Chérie allait-elle donc apprendre ce qu'elle craignait tant de savoir!

— Qu'ai-je dit? demanda Frédéric en détournant la vue.

Chérie hésita un instant; puis elle répondit en rassemblant son courage :

— Vous avez prononcé un nom...

Frédéric joignit les mains d'un air suppliant.

— O Chérie! Chérie! s'écria-t-il, pardonnez-moi!

Bien souvent, le matin, pendant les vacances, la bonne vieille mère de Frédéric venait s'asseoir à son chevet, et attendait son réveil en le contemplant toute fière et toute heureuse. Bien souvent, quand Frédéric ouvrait les yeux, il voyait, penché sur son visage, le bon et tendre visage de sa vieille mère qui souriait, les paupières mouillées.

— Enfant, tu l'aimes donc bien? disait alors la paysanne.

Et Frédéric savait ce que cela signifiait. C'est qu'il avait encore prononcé dans son rêve, c'est que sa mère avait encore entendu le nom de Chérie.

Ce qu'il pensa quand Chérie lui dit d'un ton de colère qu'elle avait surpris le secret de ses songes, chacun peut le deviner. Comme sa mère, Chérie venait sans doute d'entendre le nom que son cœur envoyait toujours à ses lèvres... Et il respectait si bien Chérie, qu'il trembla jusqu'au fond de son âme.

Chérie, de son côté, tremblait aussi; Chérie souffrait un mal cruel; le long de la route, pavée « d'adresses », où elle s'était engagée à l'encontre de son premier mouvement, à l'encontre même de sa nature forte et franche, elle devait infailliblement s'égarer.

Un fantôme se dressa devant elle : Elle avait une rivale! Le doute à peine né devint certitude et la certitude angoisse.

Elle regarda Frédéric avec désolation et sortit de la Maison de l'Ami sans prononcer une parole.

Frédéric resta tout abasourdi et n'essaya point de la suivre. L'engourdissement du sommeil pesait encore sur sa raison : il suivait son idée comme Chérie se laissait entraîner par la sienne, et se disait dans l'excès de sa timidité : « Elle a entendu son nom! elle ne me le pardonnera jamais! »

Chérie marchait à grands pas dans le sentier qui conduisait à la vallée; sa tête la brûlait et la fièvre lui montait au cerveau.

— L'ingrat! l'ingrat! murmura-t-elle, moi qui, pour être sa femme, pour vivre entre lui et sa mère dans sa pauvre cabane, aurais dédaigné un trône!... Oh! maintenant, reprit-elle en s'arrêtant tout à coup et en redressant son beau front révolté, il faut que je sois riche! il faut que je sois puissante! Elles sont heureuses aussi peut-être, celles qui vivent par l'orgueil! Je veux qu'il monte si haut, mon orgueil, qu'en regardant au-dessous de moi, je ne puisse plus voir mes souvenirs!

Elle avait repris la lettre du baron de Rosenthal, elle l'avait ouverte, elle la lisait couramment, car le feu de ses yeux avait séché ses larmes. Elle essaya de sourire, mais un sanglot monta dans sa poitrine.

Il y avait sur le bord du sentier une petite croix de pierre. Chérie joignit les mains; puis la lettre du colonel baron de Rosenthal s'échappa de ses doigts. Au lieu de la relever, elle la repoussa du pied.

Elle s'assit sur les degrés de la croix, elle entoura la pierre de ses bras et la baigna de larmes.

— Mon Dieu, dit-elle à travers les sanglots qui l'étouffaient, vous n'avez pas voulu me donner cette joie... J'aurais été trop heureuse! Eh bien, mon Dieu, je souffrirai sans me plaindre mais je ne l'oublierai jamais!

VIII

PRODIGE DE LA DIPLOMATIE!

A l'heure où nous entrons dans la salle de danse, la fête était au grand complet; tous les retardataires étaient arrivés et personne ne manquait à l'appel. Nous retrouvons là nos bons amis du tir de l'arquebuse : Niklaus, Moriss, Michas, la petite Lotte, la vive Brigitte et Luischen, qui avaient partagé avec Lenor et Chérie l'honneur de distribuer les prix. Le conseiller privé honoraire comte Spurzeim, suivi du gros Hermann, son ombre, avait rejoint l'inspecteur-receveur général Muller, et tous deux grimaçant, clignotant, radotant, faisaient une bamboche de diplomatie légère.

Le comte regardait sa nièce Lenor; Muller lorgnait Chérie. Ce que les deux vieillards pensaient l'un de l'autre, on le devine : ils se trouvaient mutuellement très ridicules, et ils avaient tous deux raison.

Lenor dansait, devinez avec qui? avec le blond Frédéric en personne. Chérie dansait avec le baron de Rosenthal, et certes vous n'eussiez jamais deviné que tout à l'heure elle embrassait en sanglotant la croix de pierre du chemin.

Elle était ainsi, la jeune fille qui avait grandi au hasard de ses propres caprices, qui n'avait eu d'autre frein que sa conscience même, d'autre confidente que sa rêverie. Elle était ainsi, se courbant sans défense sous le poids du découragement, et l'instant d'après se relevant plus vaillante et plus fière.

Elle avait vu Frédéric solliciter, en sa qualité de vain-queur, la main de la comtesse Lenor, et le sourire n'avait point quitté ses lèvres. Ce n'était pas tous les jours que Chérie se laissait abattre par le désespoir. Elle avait pleuré aujourd'hui, c'était pour longtemps.

Elle était là au bras du héros de la fête, car le baron de Rosenthal partageait avec Frédéric la première place, malgré sa défaite; en ce moment, on s'occupait même beaucoup plus du baron de Rosenthal que de Frédéric. Chacun reconnaissait en lui ce chasseur du Schwartz-wald, cet inconnu qui avait prêté au début de la lutte une allure si mystérieuse et si dramatique. Son nom courait de bouche en bouche : c'était le baron, le grand baron que la voix publique désignait comme le nouveau favori du roi.

Il fallait la fête villageoise de Ramberg pour réunir le colonel des chasseurs de la garde et la pupille de messieurs les étudiants, la nièce du comte Spurzeim, conseiller privé, et la première Epée de l'Université; la trêve du plaisir était signée et devait durer encore une heure.

C'était un de ces motifs suaves et lents que Mozart a jetés à profusion dans son œuvre immortelle. L'orchestre disait la valse connue sous le titre de *Blondine*, et de tous côtés les couples, entraînés par le balancement onduleux de la mesure, tournaient autour de la vaste salle. Il y avait de beaux cavaliers et de charmantes jeunes filles; mais, au gré de tous, les deux couples les plus gracieux étaient sans contredit Lenor avec Frédéric, Rosenthal avec Chérie.

— Si vous me connaissiez, monsieur le baron, disait en ce moment Chérie à Rosenthal, vous comprendriez bien que vous avez été le jouet d'une mystification, et que je n'ai pas pu vous écrire.

Il ne s'agissait plus ici d'une coquinerie du diplomate fort, c'était une pure infamie de l'inspecteur Muller. Aussi n'y retrouvons-nous point la belle finesse de M. le comte Spurzeim, qui unissait en lui seul l'adresse de Talleyrand à l'esprit de Voltaire, à l'astuce de M. de Metternich et généralement à la rouerie de tous ces génies cassés, parcheminés, ridés, qui adorent le bon Dieu cornu de la philosophie païenne et de la vieille diplomatie.

Il n'y avait pas besoin de tout cela pour faire un faux, et il s'agissait d'un faux. Dans le double intérêt de sa politique et de son galant caprice, pour mettre en présence, l'épée à la main, Frédéric et les étudiants d'une part, le baron de Rosenthal de l'autre, Muller avait tout bonnement écrit au baron sous la signature de Chérie. Cette lettre apocryphe pouvait servir de réponse au billet que le baron lui avait réellement décoché.

Et c'était pour cela que le baron, déguisé en chasseur de la Forêt-Noire, après avoir salué la reine Chérie sur son estrade, avait dit à messieurs les étudiants qui le provoquaient : « Ma soirée est prise à dater de huit heures et demie. »

Il faisait allusion au prétendu rendez-vous accordé par la lettre de l'inspecteur Muller.

Quand une explication commence ainsi, entre une honnête femme et un galant homme, elle se termine d'ordinaire par un double salut, et tout est dit. Les demandes et les répliques, en ce cas, sont marquées d'avance. Mais une explication qui a lieu en valsant prend des allures spéciales, et une explication qui se prolonge peut arriver à un dénouement inattendu. Chérie n'ignorait rien de ce qui s'était passé dans la journée et l'espoir lui vint d'empêcher la mortelle rencontre qui devait avoir lieu entre Rosenthal et Frédéric. L'heure avançait. Elle n'avait plus qu'une pensée : se placer au-devant de Frédéric!

A travers les bruits confus de la salle de bal, un écho faible et lointain vint aux oreilles de Chérie : c'était l'horloge de Ramberg qui sonnait huit heures. Ce fut comme un coup de baguette : tous les étudiants disparurent à la fois. Les deux couples valseurs s'arrêtèrent : Frédéric, étourdi et tout blême; Rosenthal, aisé, gracieux et n'ayant pas l'air plus fatigué qu'au premier tour.

Frédéric resta un instant au milieu de la salle, après avoir rendu ses devoirs à la comtesse Lenor, puis il chercha de l'œil tout alentour; un voile était sur sa vue. On s'aperçut bien alors qu'il chancelait comme un homme qui va se trouver mal. Arnold et Rudolphe, qui étaient restés les derniers dans la salle, s'approchèrent de lui, le soutinrent chacun par un bras et l'entraînèrent vers l'une des portes.

— Tu t'es trompé, Frédéric, lui dit Arnold en passant

le seuil, ton baron de Rosenthal ne viendra pas au rendez-vous.

— Rosenthal? murmura-t-il, comme s'il eût oublié ce nom.

Ses deux compagnons le regardèrent alors et reculèrent.

— Rosenthal?... dit encore Frédéric.

Puis il ajouta au-dedans de lui-même :

— Ah! oui... je me souviens!

Il passa sa main sur son front baigné de sueur froide et se releva tout droit.

— Qu'on aille chercher les épées! dit-il d'une voix éclatante; si le baron ne vient pas à nous, nous irons au baron!

— Mais il vient de quitter la salle de bal, dit Rudolphe. Je ne sais plus où le trouver maintenant.

— Moi, je sais où il est, prononça lentement Frédéric; moi, je vous conduirai à lui. Qu'on aille chercher les épées!

Au moment où huit heures sonnaient, au moment où les deux couples valseurs s'arrêtaient en même temps, Rosenthal s'était penché sur la main de Chérie, qui lui avait dit tout bas :

— Dans l'avenue d'érables...

Et le baron avait quitté le bal. Quelques minutes après Chérie l'avait suivi.

Quand le grand air frappa le front de Chérie, elle eut comme un réveil; elle s'arrêta, elle regarda au-dedans d'elle-même; elle se dit, étonnée et pourtant heureuse :

— Mais tout ce que j'ai fait, c'est pour lui! Je me croyais bien sage, je me croyais bien ambitieuse; je pensais travailler, je pensais réfléchir, et il n'y avait que lui!... je voyais cet homme si fort, et si brave, je voyais Frédéric si jeune!...

C'était pour Frédéric, ce n'était que pour Frédéric! Le cœur de Chérie l'avait trompée. Elle s'était dévouée en tâchant d'être égoïste. Ses yeux souriants se mouillèrent; elle prit sa course vers l'allée des érables.

— L'heure est passée! se dit-elle avec triomphe. Soyez bénie, sainte Vierge. Peut-être que je l'ai sauvé d'un danger mortel!

Le baron marchait à quatre ou cinq cents pas en avant. Il avait parfaitement oublié messieurs les étudiants et leur rendez-vous.

— Eh bien! se disait-il, s'il faut l'épouser, je l'épouserai des deux mains! Mon cher oncle dira ce qu'il voudra; au XIX* siècle où nous sommes, le mot *mésalliance* n'a plus de sens... Et mon cher oncle serait assez mal venu à parler de mésalliances. Sans les mésalliances, Rosenthal n'aurait point d'oncle fait comme celui-là... il me semble que j'ai aujourd'hui dans le cerveau la belle folie de mes vingt ans!

Il allait à grands pas, gesticulant et pensant tout haut. La nuit était noire et sans lune. Tout à coup Rosenthal s'arrêta : il croyait voir devant lui, dans les ténèbres, comme une rangée de fantômes.

— Qui va là? demanda-t-il.

Personne ne répondit, et il pensa d'abord que ses yeux, éblouis par les récentes clartés du bal, l'induisaient en erreur. Mais dans l'ombre qui emplissait les bas côtés de l'allée, un mouvement confus et mystérieux se faisait.

Rosenthal voulut retourner en arrière. Il s'aperçut que

9

cette longue rangée de fantômes s'était arrondie et formait le cercle autour de lui.

Au moment où il ouvrait la bouche pour faire une nouvelle question, car la crainte était chose inconnue au colonel baron de Rosenthal, une lueur faible brilla en dehors du cercle, une torche s'alluma, découpant en silhouettes les fantômes immobiles. Puis d'autres torches, en grand nombre, prirent feu tout à coup et passèrent à l'intérieur du cercle.

Alors le baron de Rosenthal vit devant lui Frédéric, Arnold et Rudolphe, debout et appuyés sur leurs longues épées nues.

Autour d'eux, les étudiants de Tubingue, immobiles et muets, portant sur l'épaule les glaives de l'Université, s'étendaient sur toute la largeur de l'allée et fermaient partout le passage.

IX

SCANDAL CONTRA

Le baron de Rosenthal était sans armes, seul au milieu de deux ou trois cents ennemis. S'il ne trembla pas le moins du monde, il n'en faut point faire honneur exclusivement à son courage, qui était du reste à l'épreuve; il est bien certain que, malgré cet appareil tragique, le baron ne pensa pas un instant que messieurs les étudiants pussent avoir l'intention de l'assassiner.

Mais s'il ne s'agissait pas d'assassinat, l'affaire n'en était pas pour cela moins sérieuse. Ce n'était pas d'aujourd'hui que le baron connaissait l'Université de Tubingue. Il avait été élevé à l'académie noble de Stuttgard, et plus d'une fois, en ce temps, il avait mesuré son épée contre les glaives de messieurs les étudiants. Il savait leurs lois un peu bien sauvages sur le chapitre du point d'honneur; il savait que, si leurs duels intimes étaient protégés par d'épais plastrons, ils se battaient poitrine nue dès qu'il s'agissait d'exterminer des Philistins et de célébrer le fameux *scandal-contra*.

Or, dans cette avenue déserte et reculée, au sein de cette nuit, au milieu de témoins ennemis, le combat n'était pas chose gaie.

Les porte-glaives se tenaient au premier rang, raides comme des piquets et fixant sur le colonel leurs regards avides. Par derrière, l'armée frémissante des Renards, rêvant plaies et bosses, avait peine à contenir son impatience. Enfin, au-devant de tous, les trois Epées, les trois champions choisis, n'avaient pas l'air disposés à rompre d'une semelle.

Le baron n'eut pas de peine à reconnaître dans Arnold et Rudolphe ses deux adversaires du tir à l'arquebuse; mais il fut obligé de regarder à deux fois pour retrouver dans Frédéric son jeune et audacieux vainqueur.

Celui-ci était un peu en avant des deux autres, comme son rang d'élection lui en donnait le droit. Il avait les deux mains en croix sur son épée, et ses yeux dévoraient le colonel.

— Parle, Frédéric, dit Rudolphe.

— Je frapperai, murmura celui-ci d'une voix sourde, que d'autres parlent!

Arnold et Rudolphe échangèrent un coup d'œil, ils avaient tous les deux la même pensée.

— Il tremble la fièvre, dit Arnold à l'oreille de Rudolphe; c'est impossible!

— Nous tirerons tous deux au sort à qui commencera, répondit ce dernier.

— Monsieur le baron, reprit Arnold en s'adressant à Rosenthal, ce n'est point ici que vous devriez être à cette heure.

— Puisque vous y êtes bien, mes jeunes messieurs! repartit le baron sans sourciller.

— Monsieur le baron, poursuivit Arnold, vous qui portez si galamment le costume des chasseurs du Schwartzwald, vous savez ce qu'on fait quand le gibier s'échappe...

— On court après, répondit le baron, qui eut un sourire. C'est vrai, mes chers messieurs, vous avez raison et j'ai tort. Admettez mon excuse, et prêtez-moi, s'il vous plaît, une épée, afin que nous finissions tout ceci en deux temps, comme de braves hommes!

Arnold ouvrait la bouche pour répliquer; Frédéric fit un geste et il se tut.

— Monsieur le baron, dit Frédéric, et chacun se demanda qui parlait, tant sa voix était changée, ceci ne finira qu'avec votre vie, car nous sommes ici trois cents et vous êtes tout seul. Avant de prendre une épée, réfléchissez et voyez s'il ne vous convient point d'aller chercher vos amis et camarades, en tel nombre que vous voudrez, pour venger votre mort sur celui d'entre nous qui va vous tuer, comme sur vous sera vengée la mort des étudiants qui succomberont. Monsieur le baron, nous aimons les parties égales; mais quand un homme nous a insultés comme vous l'avez fait, et quand nous avons juré la mort de cet homme, nous jouons toutes sortes de parties.

— Monsieur Frédéric Horner, repartit le baron du même ton, nous sommes tous les deux du même canton, et je connais votre mère, qui est une digne et sainte femme. Pour l'amour d'elle, je vous dis, monsieur Frédéric, que votre main tremble, que vos jambes chancellent et que le plus sage serait d'aller vous mettre au lit...

Il faut quelquefois bien peu de chose pour faire tomber et s'éteindre la couleur dramatique d'une situation; un mot suffit. Mais la parole du colonel avait cette fois frappé trop juste pour que sa trivialité même, toute calculée qu'elle pouvait être, n'ajoutât point à la colère des étudiants.

La main de Frédéric tremblait, c'était vrai; ses jambes chancelaient sous le poids de son corps, si léger et si souple d'ordinaire, c'était encore vrai; mais dans le trajet de la Maison de l'Ami à l'avenue des érables, Frédéric. abîmé dans sa douleur et rendu plus faible qu'un enfant par le désespoir qui l'écrasait, Frédéric avait avoué. les larmes aux yeux, à ses camarades sa tendresse pour Chérie. Frédéric avait dit, en outre, ce qu'il avait entendu ou ce qu'il avait cru entendre au bal, et c'était ainsi que la famille des Compatriotes était arrivée juste au lieu du rendez-vous, assigné à Rosenthal.

On sait quelle émotion profonde naît dans le cœur à la vue de la faiblesse soudaine de celui qu'on a coutume d'admirer comme étant le plus fort. Il y avait quelques heures à peine que Frédéric avait plaidé contre lui-même, en faisant jurer à tous les étudiants de respecter, quoi qu'il pût arriver, le choix de Chérie. Quand Frédéric avait dit, avec des sanglots dans la voix : « Je souffre! » un fougueux enthousiasme s'était emparé de tous ces jeunes gens; ils pouvaient être rivaux entre eux, mais ils ne pouvaient pas être les rivaux de Frédéric, surtout de Frédéric pleurant et demandant grâce.

Frédéric, la première Epée! Frédéric, leur héros et leur roi!

Quand ils le virent ainsi malheureux et vaincu, leur

affection pour lui s'exalta, et il n'y en eut pas un qui ne répétât dans son cœur le serment de mettre à mort le baron de Rosenthal.

Et voilà que celui-ci venait apporter au milieu de toutes ces colères son calme méprisant! Voilà qu'il choisissait justement pour but de son outrageante pitié Frédéric chancelant et tremblant! Voilà qu'il faisait du premier coup — insulte mortelle entre toutes — une allusion grossière et sans voile à ce rendez-vous accordé...

Il en avait menti, cet homme! chacun le croyait du moins; il calomniait Chérie! il provoquait Frédéric! la mesure était comble et chacun avait soif de son sang.

Les causes premières de la lutte étaient en quelque sorte oubliées; les vieilles haines, l'audacieuse insulte du matin elle-même, se voilaient devant cet outrage nouveau. Les fers allaient se croiser pour Chérie. Il n'y avait là que deux rivaux : le baron de Rosenthal d'un côté, la famille des Compatriotes de l'autre, qui faisait abnégation d'elle-même et qui cédait en quelque sorte à Frédéric tout seul les prétentions et les droits de tous ses membres.

— Qu'on donne une épée à M. de Rosenthal, dit Frédéric.

Trois porte-glaives s'avancèrent vers le baron; ils tenaient leurs armes par la lame; le baron prit la première venue, la fit ployer contre terre pour en essayer la trempe, et dit :

— Celle-ci me convient.

En même temps il mit habit bas et jeta au loin son chapeau à plumes.

Derrière Frédéric, et à son insu, Arnold et Rudolphe

tiraient au doigt mouillé pour savoir lequel des deux com-
cencerait.

Dans le silence qui accompagnait ces préparatifs, quelques-uns crurent entendre un bruit léger derrière la haie
vive qui bordait l'avenue. Un oiseau effrayé peut-être,
ou quelque chevreuil sortant du couvert.

Frédéric attendait, haletant et frémissant. Rosenthal
jeta sur lui un regard de compassion, et mit l'épée à la
main.

— Mes chers messieurs, dit-il sans tomber encore en
garde, je ne vais point chercher mes camarades et amis,
parce que cette affaire me concerne tout seul. Comme il
est possible, comme il est désormais probable que je
resterai sur le sol de cette avenue, car, soit dit en passant,
vos lois ne sont pas très chevaleresques, mes chers messieurs, et n'ont point le défaut de favoriser vos adversaires; comme, en un mot, j'ai peu de chances de me tirer
d'ici, vous me permettrez bien de vous adresser les dernières paroles qui sont la consolation de tout condamné.

Il parlait ainsi d'un air libre, la tête haute, et gardait
aux lèvres son intrépide sourire.

— Je suis un soldat, continua-t-il, et non point un
aventurier fanfaron qui vient provoquer au hasard des
gens qu'il ne connaît pas. A mon arrivée à Stuttgard, on
m'a dit de tous côtés que messieurs les étudiants de
Tubingue avaient fait serment de me dévorer. J'ai quitté
mon uniforme pour venir à la fête des Arquebuses, parce
que cette partie de mon rôle était assez légère et peu digne
de mes épaulettes de colonel. Je venais tout bonnement
offrir à messieurs les étudiants l'occasion de satisfaire
leur appétit. Une fois les choses arrangées, j'ai repris

mon uniforme et mon nom, parce que, l'épée à la main, je ne déserterai jamais ni l'un ni l'autre. Ceci bien établi, mes chers messieurs, levez vos torches afin que nous nous voyons bien en face, et préparez vos dents : me voilà!

Il fit le salut des armes et se mit en garde résolument.

Frédéric poussa un long soupir de joie, sa torture était finie. Mais, au moment même où son épée impatiente descendait vers celle du baron, quatre porte-glaives qui étaient au milieu du cercle, faisant office de juges de camp ou de témoins, étendirent leurs lames nues entre les deux adversaires, et Arnold, faisant un pas en avant, s'écria :

-- C'est moi qui suis tombé au sort!

— A la bonne heure! dit le baron, qui fit un geste de contentement et se tourna aussitôt vers ce nouvel adversaire.

Les étudiants battirent des mains, et cent voix s'écrièrent :

— Ecartez Frédéric!

Alors il se passa une scène étrange qui ne peut avoir sa vérité que dans la vieille Germanie, où les mœurs ont gardé pour un peu la sauvage simplicité du temps d'Arminius.

Frédéric se redressa de son haut; il ne tremblait plus, il ne chancelait plus.

— Arrière! s'écria-t-il de cette voix vibrante qui a déjà frappé nos oreilles dans la grande salle de la Maison de l'Ami. C'est moi qui suis la première Epée, c'est moi qui dois combattre le premier. Celui qui prend ma place me dégrade et me déshonore. Mon frère Arnold, est-ce toi qui veux me déshonorer?

Arnold hésita.

— Ecartez Frédéric! écartez Frédéric! répétaient les étudiants du second rang.

Car on voyait bien que la fièvre seule le soutenait à cet instant suprême et que son épée, trop lourde, allait s'échapper de sa main.

Rudolphe s'élança vers lui, et les porte-glaives l'entourèrent. Mais personne n'osa le toucher, parce qu'il dit, en reculant d'un pas :

— Mes amis et mes frères, ayez pitié de moi!

Il promena, sur ceux qui l'entouraient, son regard triste où chacun devina des larmes.

— Mes frères et mes amis, reprit-il, vous voulez m'écarter du combat, parce que vous savez bien que je vais y succomber. Moi aussi, je le sais bien : c'est ma dernière espérance!

Il joignit les mains sur la garde de son épée, et sa voix devint suppliante.

— Vous tous qui m'aimez, continua-t-il, ne me prenez pas mon pauvre bonheur! Toi, Arnold, toi Rudolphe, vous tous, vous tous, mes frères, si j'appuyais le canon d'un pistolet contre mon front, si je vous disais : Je veux mourir, nul d'entre vous ne m'arrêterait le bras, car c'est la loi, c'est notre loi. Notre code dit qu'il faut laisser la porte ouverte toute grande à celui qui veut sortir de la vie. Eh bien, je vous le demande à genoux, mes frères, laissez-moi mourir pour Chérie!

Et comme tous ces jeunes gens, ébranlés par cet argument tiré de leur propre coutume, baissaient la tête en hésitant, Frédéric se redressa une fois encore :

— Si vous hésitez, je ne prie plus, mes frères, prononça-t-il en reprenant son épée, j'exige. Et je vous dis, au nom du pacte qui nous lie : Laissez-moi mourir, je veux mourir!

Arnold se couvrit le visage de ses deux mains et jeta son glaive; Rudolphe, les larmes au yeux, écarta la foule frémissante.

Et quand Frédéric, plus pâle qu'un cadavre vint se mettre de nouveau en face du baron, la famille des Compatriotes balbutia d'une seule voix :

— Adieu, Frédéric! adieu! notre frère!

Ce fut comme un gémissement.

Puis le silence se fit. Au milieu de ce silence, on entendit le grincement des épées qui se croisaient. Rosenthal avait dit avec une expression de regret :

— Je n'ai pas le droit de choisir mes adversaires.

Tout ceci, nous avons à peine besoin de le faire remarquer, s'était passé en quelques secondes. Il y avait là deux victimes désignées : Frédéric d'abord, qui, plus faible qu'un enfant, du moins c'était l'apparence, n'allait point résister à la première attaque de M. de Rosenthal; ensuite M. de Rosenthal lui-même, pour qui le sang versé de Frédéric serait un arrêt de mort irrévocable.

Nous racontons, nous ne jugeons pas. Il y en aurait trop long à dire sur ces mœurs de l'Allemagne matérialiste où les chevaleries elles-mêmes ont mauvaise odeur de suicide et de guet-apens.

Parmi la famille des Compatriotes, quelques-uns avaient pensé, en voyant l'air calme et dédaigneux du baron, en saisissant, d'autre part, ce bruit léger qui s'était fait entendre derrière la haie, que le drame allait avoir quelque péripétie inattendue. Les officiers des chasseurs de la garde, présents à la fète en grand nombre, étaient là peut-être sous le couvert. Au premier choc des épées, peut-être qu'ils allaient se précipiter au secours de leur chef.

Et nous vous prions de croire que messieurs les étudiants n'avaient point peur de cela. Il s'annonçait assez maigre, ce fameux *scandal-contra*, proclamé d'avance avec tant de pompe; il tournait au lugubre et au noir. Ce n'était pas une de ces brillantes mêlées où l'Université donnait tout entière, frappant d'estoc, frappant de taille et coupant en plein drap des uniformes! C'étaient des funérailles.

En outre, car au plus fort même de leurs extravagances quelque bon sentiment perce toujours chez ces jeunes cœurs; en outre, ils se disaient que, dans le tumulte et au milieu de la mêlée, il serait facile d'enlever Frédéric. L'idée de voir tomber Frédéric, le vaillant l'invincible, comme une victime sans défense, les révoltait et leur déchirait l'âme. Il n'y en avait pas un qui n'eût donné tout son sang pour une goutte du sang de Frédéric.

Les officiers de la garde pouvaient donc se montrer; ils étaient attendus et désirés, et un long cri de joie allait les accueillir. Mais les officiers de la garde n'étaient point sous le couvert. Le baron de Rosenthal était bien un soldat, comme il l'avait dit; il prétendait mener seul sa querelle et n'engager que sa propre vie.

Sous le couvert, il n'y avait qu'une pauvre enfant, haletante et brisée : Chérie, qui étouffait ses sanglots et qui pressait sa poitrine à deux mains pour contenir le cri de sa détresse. Chérie était là depuis longtemps déjà; elle avait éprouvé au centuple les alternatives d'espérance et de douleur qui faisaient battre, depuis le commencement de la scène, le cœur de tous les étudiants. Elle avait vu Rosenthal entouré de ces épées menaçantes; puis Frédéric tout seul, avec la mort sur le visage, en face de ce colonel à la taille héroïque, aux bras d'athlète, au cœur de lion; puis encore. Arnold s'élançant au devant du jeune homme et prenant sa place pour le combat.

Le reste lui avait échappé, car elle était trop loin pour entendre la voix faible de Frédéric réclamer le bénéfice barbare de la loi des écoles et le droit de mourir. Solennel enfantillage, parodie du grand courage qui donne son sang à la patrie.

Ce temps d'arrêt, loin de porter son angoisse au comble, lui avait rendu l'espoir. Et avec l'espoir revenu, la voix de sa conscience s'était fait entendre; elle s'était recueillie en elle-même, elle s'était dit, le rouge de la honte au front :

— J'ai pensé un instant, moi Chérie, à devenir la femme de cet homme qui est là, pressé de tous côtés par la mort, et en présence de ce danger horrible, inévitable, qui le menace, je n'ai eu de frayeur, je n'ai eu de sollicitude que pour son adversaire! Si j'ai senti mon âme défaillir, si mes sanglots ont arrêté mon souffle dans ma poitrine, c'est que j'ai vu l'éclair de l'épée au-dessus du front de Frédéric!...

Chérie se disait cela; Chérie était une âme pleine de droiture et d'honneur; Chérie se reprochait sa conduite au bal comme un grand crime. Et jamais peut-être elle n'avait compris si bien qu'à cette heure, quelle tendresse l'entraînait vers ce Frédéric ingrat.

Hélas! si elle l'eût entendu implorer avec larmes le droit de mourir pour elle!

Mais elle n'entendit rien. Elle vit seulement les rangs de la Famille se rouvrir, Arnold et Rudolphe, les deux plus chers amis de Frédéric, les deux plus braves après lui, parmi les étudiants, Arnold et Rudolphe sur qui Chérie comptait comme sur elle-même, se retirer, tête baissée, et laisser le champ libre au jeune homme.

Un large espace séparait encore Chérie du lieu du combat; mais Chérie voyait avec son cœur; elle voyait, comme si elle eût été au centre du cercle, les traces du mal terrible qui accablait le pauvre Frédéric.

Quand le glaive de Rosenthal se leva, elle eut froid dans son sang comme si le fer eût traversé sa propre poitrine. Elle vit en même temps le cercle des étudiants se rétrécir et les épées s'agiter d'elles-mêmes, en quelque sorte, dans les mains frémissantes.

Et son cœur traduisit tout cela, son cœur lut couramment dans la pensée de tous. Ils se disaient, Chérie l'entendait comme si leur voix eût parlé au-dedans de son âme, ils se disaient : « Frédéric va mourir, mais comme nous allons le venger! »

Le venger! ô raillerie misérable et amère! à quoi sert la vengeance!

Un nuage passa sur les yeux de Chérie. Elle eut une vision. Devant elle, dans la nuit, un cadavre s'étendait livide, avec des gouttes de sang rouge sur la poitrine, les yeux fermés, les cheveux épars dans la poudre...

Elle poussa un grand cri, elle traversa la haie en y laissant des lambeaux de ses vêtements déchirés, elle se précipita dans les rangs des étudiants, qui s'ouvrirent à sa vue.

— Arrêtez, arrêtez! dit-elle, au nom de Dieu, arrêtez!

Elle n'avait rien vu de ce qui s'était passé; ses yeux égarés étaient aveugles; elle s'était élancée avec l'idée fixe de sauver Frédéric, elle ne vivait plus que dans cette idée. Pour sauver Frédéric, il fallait mettre fin au combat, et qu'importait le prétexte?

Elle savait, car Bastian avait causé avec elle dix minutes, et Bastian était plus indiscret qu'une femme, elle savait l'engagement pris à son égard par les membres de la Famille. Sans calcul aucun, poussée par sa détresse, elle passa au travers des étudiants en ajoutant :

— Arrêtez, arrêtez! c'est lui que j'ai choisi pour époux!

Un long cri d'enthousiasme et de triomphe, auquel Chérie n'avait pas même fait attention, avait précédé ces paroles.

Trompant les craintes de tous et retrouvant au dernier moment sa jeune et redoutable énergie, Frédéric avait attaqué le colonel avec une violence inattendue. Celui-ci, qui comptait trop peut-être sur la faiblesse de son adversaire, n'avait point déployé toutes les ressources de cette science en fait d'escrime qui lui donnait la réputation de premier tireur d'Allemagne; il avait rompu coup sur coup aux premières passes; son pied gauche avait rencontré une motte de gazon et Frédéric le tenait renversé, le pied sur la gorge.

Le baron n'essayait même pas de se relever.

— Je meurs de ma clémence, dit-il.

Et il ajouta en regardant Frédéric en face :

— Quand vous vous portez bien, mon pays, vous devez être une rude lame.

Frédéric avait entendu la voix de Chérie. Il restait

immobile et comme pétrifié, tenant l'épée à un pouce de la gorge du colonel.

— Tue! tue! criaient les étudiants.

Et le colonel lui-même reprit :

— Mon pays, si nous devons recommencer je vous préviens que je m'y prendrai autrement; ainsi pas de générosité mal entendue!

Tous les membres de la Famille s'étaient massés autour de Frédéric et de son adversaire; ils formaient comme un mur infranchissable au-devant de Chérie. Mais Frédéric était sourd à la voix du colonel. Il écoutait et il attendait.

— De qui parlez-vous, Chérie? demanda Rudolphe en dehors du cercle.

— Arrêtez! répéta la jeune fille, tout entière à son idée fixe, et qui voyait toujours devant ses yeux la vision terrible : Frédéric terrassé, Frédéric mort; je parle du baron de Rosenthal.

— Au diable! dit ce dernier, qui eut un sourire; ceci est pour m'achever!

Il pensait que l'aveu de Chérie était pour lui le coup de grâce. Les étudiants, en effet répétaient de toutes leurs forces :

— Tue! tue!

Mais Frédéric releva son épée, et l'éclair de ses yeux s'éteignit.

— Par le malheur! s'écrièrent les étudiants exaspérés et fous, cela ne profitera pas au Philistin!

— Le Philistin a été renversé de bonne guerre!

— Le Philistin est à nous!

Rosenthal s'était remis sur ses jambes, mais il n'avait

pas eu le temps de reprendre son épée. La foule vociférante, ivre de colère et de clameurs, s'élança sur lui en tumulte; vingt glaives menacèrent à la fois sa poitrine.

Frédéric opposa son épée à celle de ses frères, puis, comme il se vit trop faible pour les arrêter ou pour les contenir, il se tourna vers Rosenthal et le couvrit de son propre corps en le tenant embrassé.

— Chérie! Chérie! dit-il en domptant l'angoisse terrible qui lui déchirait le cœur, je suis là, ne craignez rien; j'ai entendu vos paroles. Chérie, ma poitrine est devant la sienne... Puisque vous l'avez choisi, Chérie, je le protégerai au prix de tout mon sang!

10

X

ADIEU, CHERIE !

La voix de Frédéric se perdait dans le tumulte. Il faut non seulement la force d'âme, mais encore la vigueur physique pour dominer la tempête des passions révoltées, et Frédéric s'affaiblissait. Cet instant de répit que lui donnait la fièvre touchait à son terme. Il sentait ses yeux se voiler, et sa pensée vacillait dans sa cervelle vide.

Les paroles de la jeune fille avaient été pour lui un coup de massue. Jusqu'alors il n'avait eu que ces vagues désespoirs des jeunes cœurs qui doutent d'eux-mêmes. Jusqu'alors il était en quelque sorte dans la position de l'accusé qui vient s'asseoir innocent devant un tribunal, mais qui se méfie de la justice des hommes. Maintenant, son avenir était brisé, sa jeunesse était morte, et l'arrêt avait été prononcé par la propre bouche de Chérie.

Chérie avait choisi le baron de Rosenthal!

Au moment où Frédéric avait entendu cet aveu, tombé des lèvres de la jeune fille, la vie s'était arrêtée en lui; son sang, refroidi tout à coup, avait glacé ses veines, et il avait remercié Dieu, parce que l'idée lui était venue qu'il allait mourir.

Mais c'était un enfant généreux, que n'avaient point fait déchoir les folies de l'école; sa seconde pensée réagit contre la première; il voulut vivre, ne fût-ce qu'un instant, pour payer à Chérie sa dette et accomplir son suprême devoir. Il rassembla tout son courage et il se dit, ici comme dans la grande salle de la Maison de l'Ami :

— Il faut qu'elle soit heureuse!

Et il opposa, comme nous l'avons vu, son épée aux glaives de ses frères.

Ceux-ci étaient arrivés au paroxysme de la fureur; ils méconnurent, pour la première fois peut-être, la voix de leur chef bien-aimé, comme ils avaient méconnu la voix de Chérie. Ils se ruèrent sur Rosenthal sans armes, et ces vingt épées qui faisaient autour de lui un cercle étincelant, cherchèrent à la fois un passage pour arriver à son cœur. La pointe des glaives rencontrait toujours le corps de Frédéric, qui se multipliait et faisait à son rival un bouclier impénétrable. Le baron demeurait passif désormais; le mépris qu'il faisait de la vie ne l'empêchait point de ressentir pour son jeune vainqueur une reconnaissance étonnée. Il avait en lui ce qu'il fallait pour apprécier cette conduite chevaleresque. Mais ce qui était plus fort que sa reconnaissance et plus fort que son admiration, c'était la surprise. Quelques minutes auparavant, en effet, les yeux hagards et brûlants de Frédéric semblaient lui dire : « Je te hais et je veux boire ton sang! »

— Prenez garde, mon pays, ne put-il s'empêcher de dire, vos frères, comme vous les appelez, ont l'air d'avoir la male rage! vous valez bien Abel, sur ma parole, mais je les crois pires que Caïn, et ils sont capables de vous tuer si vous leur barrez plus longtemps le passage.

En ce moment,, Baldus, l'étudiant de Vienne, qui avait des moyens à lui, comme tous les philosophes, se glissa derrière le baron et le saisit aux cheveux en brandissant un couteau-poignard.

— Limier! dit-il en grinçant des dents, tu ne mordras plus personne!

Il visa sous l'omoplate gauche et lança son couteau; mais le poing de Frédéric était tombé sur la tête de Baldus comme la foudre, et l'étudiant philosophe roula sur le gazon...

— Merci, mon pays! s'écria le colonel, qui s'était retourné, si vous pouvez seulement ramasser deux épées, nous allons faire voir du chemin à cette belle jeunesse!

La main de Frédéric se colla sur sa bouche.

— Taisez-vous! dit-il.

En même temps, il le repoussa en arrière et fit un pas vers les siens, qui reculèrent pour ne point le blesser. Le premier moment de rage avait fait place chez les étudiants à cette colère plus calme qui attend. Quelques-uns d'entre eux s'étaient concertés : ils étaient convenus de suivre l'avis donné par le colonel lui-même et d'emporter Frédéric dans son lit. Une fois cela fait, le champ était libre.

Frédéric, à cet instant, se tenait ferme sur ses jambes. Le mouvement rétrograde des étudiants avait permis à Rosenthal de ressaisir une épée, et Dieu sait qu'il éprouva un certain plaisir à serrer dans sa main la poignée de la bonne lame.

— Monsieur le baron, lui dit Frédéric en secouant la

tête et en laissant errer sur sa lèvre un sourire mélancolique, je vous garantis que vous n'en aurez plus besoin.

— C'est possible, mon cher pays, répliqua Rosenthal,
qui respirait à pleine poitrine comme un asphyxié revenu
à l'air libre; ne vous occupez pas de moi..., j'ai pris cela
pour me servir de contenance.

En même temps il éprouvait le glaive contre terre, et,
malgré lui, sa riche taille se redressait orgueilleusement.

Quelques secondes s'étaient écoulées; Frédéric restait
toujours immobile et isolé au devant du baron de Rosenthal; en face de lui, les membres de la Famille se ran-
geaient silencieux et sombres. Au milieu du cercle,
Chérie, pâle et tremblante, était soutenue par Arnold et
Rudolphe.

Chérie était presque aussi changée que Frédéric lui-
même. On eût dit que la même fièvre les accablait tous les
deux : Chérie avait les cheveux épars et les vêtements en
désordre. Il y avait de l'égarement, presque de la folie
dans ses yeux, qui n'osaient point se retourner vers Frédéric.

Chérie mesurait avec épouvante le chemin qu'elle avait
fait; elle hésitait; elle chancelait au bord de l'abîme.

Il est dans la vie une heure presque aussi solennelle
que la dernière heure elle-même, et remplie des mêmes
intuitions prophétiques : c'est l'heure où la volonté
domptée prend malgré elle la route de l'infortune et dit
adieu à tous les espoirs aimés.

Si une seule des paroles de Frédéric eût trahi l'état véritable de son âme, Chérie se serait élancée vers lui. Mais
justement Frédéric employait tout ce qui lui restait de
force à cacher la profondeur de sa blessure; Frédéric était

là vainqueur de son mal physique et de sa torture morale; Frédéric redressait son front résigné; Frédéric promenait sur les étudiants, ses frères, la sérénité triste de ses regards. Il n'avait pas parlé encore, et déjà la foule était dominée.

— Les étudiants de la noble Université de Tubingue, prononça-t-il lentement après un silence, ont des épées et dédaignent le poignard. Il n'y a pas d'assassins dans la noble Université de Tubingue! Rudolphe et Arnold, mes frères, dites comme moi : que le lâche soit frappé trois fois du plat du glaive et chassé honteusement de nos rangs!

Le doigt de Frédéric désignait Baldus, l'étudiant viennois.

— Il n'est pas membre de la Famille, murmurèrent quelques voix.

— Nous disons comme toi, mon frère Frédéric, répondirent en même temps Arnold et Rudolphe.

Les trois Epées constituent le tribunal chargé d'appliquer la loi du *Comment*. L'arrêt étant rendu, Bastian et deux autres se saisirent de Baldus, le frappèrent par trois fois sur le dos avec le plat du glaive et le poussèrent hors des rangs.

— Sur mon honneur, pensa le colonel, ce sont d'honnêtes jeunes gens, après tout. Il ne s'agit que de les connaître!

Ceci ne l'empêchait point d'avoir toujours l'œil au guet, car il pensait bien que son affaire n'était point réglée.

— Si la noble Université de Tubingue ne veut point d'assassins dans ses rangs, reprit Frédéric, pourquoi, tout à l'heure, y avait-il vingt glaives contre un homme sans défense? Le glaive qui frappe ainsi vaut-il mieux que le poignard?

— Mon frère Frédéric, répondit Arnold qui marcha vers lui, cet homme nous appartenait; cet homme nous appartient encore.

— C'est mon avis, dit Rudolphe, qui suivait son camarade.

Chérie restait désormais seule.

— Hourra! crièrent les compatriotes, il y a deux Epées contre une : le Philistin est encore une fois condamné!

— C'est le moment! pensa le baron de Rosenthal, ces jeunes gens ont du bon, mais pas beaucoup. Voyons à tomber cette fois comme un gentilhomme!

Arnold imposa silence du geste à la foule des étudiants.

— Mon frère Frédéric, reprit-il, ce qui se peut comprendre dans le paroxysme de la colère ne vaut plus rien quand le calme est revenu, nous t'accorderons cela, et au lieu de mettre à mort cet homme que tu as tenu renversé sous ton genou, je lui offre le combat en mon nom et au nom de l'Université de Tubingue.

— C'est cela! c'est cela! cria le chœur.

— Le Philistin doit être content de nous!

Rosenthal s'inclina en souriant et sans mot dire.

On attendait la réponse de Frédéric.

— Et moi, prononça ce dernier d'une voix plus grave, je te donne un démenti en mon nom et au nom de la noble Université de Tubingue!

Un murmure irrité accueillit ces paroles, et le glaive frémit dans la main d'Arnold.

Personne ne songeait à la pauvre Chérie, qui n'était

plus reine, hélas! et qui restait là, tête baissée. Elle n'avait point la conscience de ce qui se passait autour d'elle.

— Nous t'aimons tous, mon frère Frédéric, dit Arnold en contenant sa voix; nous te connaissons tous, et personne ne mettra sur le compte de ton cœur des paroles échappées au délire de la fièvre. Ta place n'est point entre cet homme et nous; range-toi, mon frère Frédéric.

Ce disant, Arnold provoqua du geste le baron, qui ne se fit pas prier pour mettre au vent son épée.

Frédéric se baissa et ramassa le glaive qui était à ses pieds. Arnold et Rudolphe se regardèrent; une sourde rumeur parcourait les rangs de l'école.

— Chérie! appela Frédéric d'une voix sonore.

La jeune fille tressaillit comme si on l'eût arrachée à un profond sommeil. Elle promena ses yeux égarés tout autour d'elle et ne bougea point.

— Venez ici, Chérie, reprit Frédéric dont la voix se fit grave et sévère; entre vous et ceux qui vous entourent, le pacte est rompu... Venez ici : vous n'avez qu'un seul défenseur; car il a suffi d'un jour aux membres de la noble Université de Tubingue pour oublier un serment solennel!

Chérie fit un pas comme malgré elle pour obéir.

— Chérie! Chérie! s'écrièrent cent voix émues, car à ce moment chacun retrouva dans son cœur ce sentiment de tendresse exaltée, qui liait tous les membres de l'Université de Tubingue à la fille de Franz Steibel. Chérie, restez avec nous! Chérie, nous vous aimons! ne nous aimez-vous plus?

La poitrine oppressée de Frédéric refusait passage à son souffle. De tous ceux qui étaient là c'était lui qui désirait le plus passionnément que la réponse de Chérie démentît ses dernières paroles. Mais, fidèle à la résolution stoïque qu'il avait prise, il éleva la voix encore et dit :

— Chérie, il faut choisir!

Il était d'un côté, l'Université de l'autre. Chérie, dont la tête se perdait, suivit l'impulsion de son cœur, elle alla du côté où se trouvait Frédéric, sans songer que Frédéric combattait à cette heure contre lui-même. Frédéric poussa un profond soupir. Son espoir n'était plus.

Il tendit sa main gauche à Chérie, et de la main droite il la couvrit de son épée.

— Mes frères, dit-il, vous avez juré ce matin que Chérie serait heureuse. Ceux qui ont été avant nous dans l'Université de Tubingue ont fait un autre serment, ils l'ont tenu. Je veux tenir comme eux le serment que j'ai fait. Je veux combattre, fût-ce même contre vous, pour le bonheur de Chérie!

Chérie passa ses deux mains sur son front; elle semblait chercher sa pensée fugitive.

— Chérie! Chérie! répétaient les étudiants, nous abandonnerez-vous pour suivre notre ennemi?

Chérie se disait :

— Comme il plaide la cause de mon malheur! Ah! s'il me regrettait, laisserait-il tomber son épée de ce côté de la balance!

Et derrière cette pensée amère, une autre naissait plus vague, mais non moins puissante : elle avait entre ses mains la vie d'un homme!

Rudolphe et Arnold avaient échangé quelques paroles à voix basse. Rudolphe avait des larmes dans les yeux, et il n'était pas le seul, car tous ces jeunes gens ressentaient, jusqu'au fond de l'âme, l'ingratitude de Chérie.

Frédéric était dans le vrai, ils le savaient bien; Frédéric ne faisait qu'accomplir la lettre du serment solennellement prononcé; mais à l'heure pleine d'enthousiasme où ils avaient juré, qui donc eût pu prévoir ce qui se passait maintenant? Chérie la bien-aimée, Chérie les abandonnait et les trahissait.

Leur colère trouvait de l'aliment dans leur tendresse même, et s'ils étaient là menaçant toujours Rosenthal, c'est qu'ils ne pouvaient s'empêcher d'aimer encore Chérie. Arnold et Rudolphe se prirent par la main.

— Reine. dit Arnold, employant pour la dernière fois ce terme caressant dont les membres de la famille se servaient pour désigner Chérie, Frédéric a raison et nous avons tort : un serment est un serment. Dites que vous aimez cet homme, et nous vous laissons à votre destinée!

Chérie regarda Rosenthal, qui était appuyé sur son glaive et qui contemplait tout cela d'un œil curieux, comme s'il eût été spectateur désintéressé. Elle regarda Frédéric, qui baissait les yeux, et deux larmes roulèrent lentement sur sa joue.

— Oui, prononça-t-elle d'une voix si basse qu'on eut peine à l'entendre.

— Adieu donc, Chérie! murmura tristement Arnold; que Dieu et votre père vous pardonnent!

Ce fut comme un signal; les étudiants remirent le glaive sur l'épaule sans prononcer une parole et prirent le chemin de Ramberg.

Mais Frédéric se plaça au-devant d'eux et leur barra la route.

— Mes frères, dit-il, tout n'est pas fini. Ce n'est pas là ce que nous avons juré.

— Diable d'enfer! gronda Bastian qui larmoyait pour tout de bon, que te faut-il encore à toi?

— Pour que notre serment soit accompli, dit Frédéric, pour que Chérie soit heureuse, il faut que l'époux de son choix lui donne sa main avec son nom. Attendez une minute encore, mes frères, car Chérie a parlé la première, et M. le baron de Rosenthal ne lui a pas répondu.

Au moment où Chérie avait répondu aux étudiants, le baron, qui était à tout le moins un fort galant cavalier, s'était approché d'elle vivement et avait pris sa main pour la porter à ses lèvres. La main de Chérie, froide et comme inanimée, ne fit aucune résistance. Les membres de la famille s'étaient arrêtés à la voix de Frédéric.

— Je vois bien, dit Rudolphe amèrement, qu'il nous faudra nous-mêmes célébrer ses fiançailles avec un soldat du roi!

— Allons! reprit Arnold en essayant de railler, la cérémonie aura d'autres témoins que nous, car voici venir les violons de Ramberg, et je crois que toute la fête va descendre l'avenue.

On entendait, en effet, à quelque distance, une musique vive et joyeuse; on voyait, à travers les arbres, des lumières s'approcher, et déjà le bruit des voix bavardes se mêlait au son des instruments.

Rosenthal mit sa main au-devant de ses yeux pour essayer de voir à travers l'obscurité.

— Qu'il réponde tout de suite, disaient les étudiants, car nous voulons laisser le champ libre aux violons des accordailles!

Chérie ne pleurait plus; elle fixait devant elle ses yeux mornes et sans regard. Vous eussiez dit une statue de pierre.

— Monsieur le baron, dit Frédéric, Chérie est notre fille à tous. Le père délaissé n'abandonne pas ses droits et demande, du moins, à l'étranger qui lui ravit sa fille : « Sera-t-elle votre femme? »

Le baron venait de reconnaître, en tête des nouveaux arrivants, son respectable oncle, le comte Spurzeim, appuyé sur la grosse épaule d'Hermann. Il avait reconnu aussi sa belle cousine Lenor, qui souriait au Bavarois.

— Mon cher oncle dira ce qu'il voudra de la mésalliance! pensa-t-il, mais je crois que dans tout l'univers je ne trouverais pas une plus belle baronne de Rosenthal. En second lieu, sans elle, depuis dix minutes au moins, j'aurais rejoint mes ancêtres.

— Vous ne répondez pas? dit Frédéric, dont les sourcils se fronçaient déjà menaçants.

Rosenthal baisa une seconde fois la main de Chérie, et croyant bien qu'il allait la rendre pour le coup la plus heureuse des femmes, il répondit sur un ton plein de galanterie :

— Je vois d'ici venir le conseiller privé honoraire, comte Spurzeim, mon plus proche parent, et je l'attends pour lui présenter madame la baronne de Rosenthal.

Les nouveaux arrivants étaient alors à quelques pas seulement, et la musique rambergeoise faisait silence. Rosenthal avait regardé du coin de l'œil sa belle cousine Lenor, car cette résolution soudaine qu'il prenait n'était pas tout à fait exempte d'un petit esprit de vengeance. Il vit Lenor pâlir et chanceler : il eut regret peut-être, dès ce premier instant. Pour se remettre, il tourna les yeux vers Chérie : la joie de l'une devait compenser le désespoir de l'autre. Les yeux de Chérie étaient sans larmes, mais sa figure exprimait une douleur si navrante que Rosenthal recula d'un pas.

Le comte Spurzeim arrivait à lui.

— Ma foi, mon oncle, dit Rosenthal avec un peu d'hésitation, vous allez me désapprouver sans doute...

— Baron, vous êtes majeur, interrompit le diplomate fort, et voilà tantôt huit ou dix ans que je vous ai rendu vos comptes de tutelle; j'ai bien l'honneur d'offrir mon baisemain respectueux à madame la baronne de Rosenthal.

Il se retourna juste à temps pour recevoir Lenor, qui se jeta dans ses bras en pleurant. Le diplomate fort lança un regard victorieux à son fidèle Hermann, et mit un baiser paternel sur le front de Lenor.

— Pauvre enfant! murmura-t-il avec sensibilité. Moi, du moins, je ne te manquerai jamais!

— Eh bien! s'écria Bastian, qui ne pouvait rester longtemps dans les grandes émotions, voilà une petite comtesse bien lotie! J'aime assez la tête de ce conseiller privé honoraire, moi!

Rosenthal s'était approché de Frédéric.

— Mon pays, lui dit-il non sans un léger accent de tristesse, car ces larmes de Lenor pesaient sur son cœur, vous m'avez sauvé la vie, comptez que je m'en souviendrai.

Il lui tendit la main. Le premier mouvement de Frédéric fut d'écarter la sienne; mais il se ravisa et rendit au baron son étreinte en disant d'une voix ferme :

— Vous serez quitte envers moi, monsieur, si Chérie est heureuse.

Ce fut son dernier mot; il rejoignit à pas lents ses frères qui s'éloignaient. En arrivant dans leurs rangs, il fit signe à Rudolphe et à Arnold de le soutenir. Il voulut parler, mais sa voix s'arrêta dans sa gorge, ses yeux se fermèrent; il lutta un instant contre la fièvre triomphante et se laissa tomber sans mouvement entre les bras de ses compagnons.

Un mariage illustre, romanesque, les fiançailles de la reine Chérie et du baron de Rosenthal, c'était là un digne couronnement pour la fête de Ramberg. Les villageois étaient franchement joyeux, car ils aimaient Chérie de tout leur cœur, et ils ne pouvaient penser qu'une pauvre jeune fille fût malheureuse en épousant un seigneur si beau, si jeune et si puissant. Au contraire, il leur semblait que Chérie avait eu le gros lot à la loterie de la destinée, et chacun y applaudissait des mains et de la voix.

Il n'y avait de triste dans toute l'assemblée que l'ancien bedeau Hiob, avec sa femme Barbel et le digne inspecteur Muller. Barbel et Hiob, les pauvres gens perdaient là un bien beau revenu. Quant à l'inspecteur Muller, ses cartes s'étaient retournées contre lui : Frédéric, sa bête noire, était plein de vie; Rosenthal, son épouvantail, se portait fort bien, et Chérie lui passait, comme on dit, sous le nez.

— En avant les violons! s'écria le vieux Spurzeim, qui rompit l'étiquette et ne put contenir plus longtemps l'élan de son aimable gaieté.

La musique éclata aussitôt et on reprit en dansant le chemin de Ramberg.

— Hein! hein! hein? dit Spurzeim dès qu'il se trouva seul en face d'Hermann, son confident, ma belle nièce Lenor est-elle à moi cette fois-ci?

Hermann hocha la tête affirmativement.

— As-tu vu l'effet de la diplomatie! reprit Spurzeim.

— Mais, dit Hermann, monsieur le comte m'avait annoncé un tout autre dénouement.

— Voilà le beau! s'écria le vieillard, voilà le fort! voilà le miraculeux de la diplomatie! La diplomatie est une science cornue, fourchue, dilemmatique et bricolante qui ne réussit jamais mieux que quand elle porte ses coups loin du but. En politique, nous braquons nos mortiers sur Paris, et c'est Moscou qui est brûlé. Dans la diplomatie intime et de famille dont je suis l'instaurateur, on verra des effets analogues et non moins heureux... En attendant, Hermann, mon ami, tu partiras demain pour Stuttgard afin de commander ma corbeille de noce!

— Oui, monsieur le comte, répondit Hermann, mais regardez donc comme cette jeune fille est pâle et semble souffrir.

Il désignait du doigt Chérie, qui marchait au bras de Rosenthal, muette et plus changée qu'une morte, Spurzeim se frotta les mains avec enthousiasme.

— La diplomatie! s'écria-t-il, la diplomatie! Cette jeune fille et mon cher neveu, et la belle Lenor, et tous ceux qui m'entourent, depuis le premier jusqu'au dernier, sont entre mes mains comme des marionnettes dociles. Ils font ce que je veux et ce qu'ils ne veulent pas. Ils pleurent, ils se débattent, mais ils obéissent, parce que j'ai en main la baguette des enchanteurs modernes : la diplomatie!

Vers la fin de cette même soirée, deux lourds carrosses chargés d'armoiries descendaient vers la vallée du Neckar. Chacun d'eux était précédé de valets à cheval qui portaient des torches. Le premier contenait Lenor et le comte Spurzeim, conseiller privé honoraire. Dans le second se trouvaient le baron de Rosenthal et la reine Chérie.

Depuis le départ des étudiants, Chérie n'avait pas versé une larme, il est vrai, mais elle n'avait pas non plus prononcé une parole. Elle était comme stupéfiée, droite et raide dans un coin du carrosse, tandis que Rosenthal, de son côté, songeait.

On arrivait au fond de la vallée où le Neckar déroulait le large courant de ses eaux. Au milieu de la campagne solitaire, sur la rive même du fleuve, une grande masse sombre se mouvait silencieusement.

On put voir bientôt que c'était une troupe d'hommes cheminant avec lenteur dans la nuit. Le premier carrosse passa, et la lueur de ses torches tomba sur les voyageurs muets. Un cri s'échappa du second carrosse. Chérie se penchait hors de la portière. Elle avait reconnu ou plutôt deviné les étudiants de l'Université de Tubingue.

— Mes amis! ô mes amis! criait-elle d'une voix où vibrait sa poignante douleur; mes frères et mes bienfaiteurs, c'est moi, Chérie! Adieu! adieu!

Un silence profond répondit à la voix de Chérie.

— Adieu! adieu! répétait-elle désespérée. Un mot, par pitié, mes frères! dites-moi que vous me pardonnez!

Le silence toujours. Les étudiants marchaient d'un pas

mesuré, sans détourner la tête. Les sanglots de la pauvre Chérie étouffèrent sa voix. Alors, elle agita son mouchoir pour prolonger l'adieu. Comme la bouche des étudiants de Tubingue avait été muette, leurs bras demeurèrent immobiles. Et le carrosse passait; il arrivait à la tête de la troupe.

La lueur des torches éclaira les premiers rangs, et Chérie vit Arnold et Rudolphe qui marchaient séparés par un vide. Frédéric n'était point à son poste au milieu d'eux. Elle se pencha davantage; elle vit que derrière les deux épées il y avait quatre Compatriotes qui portaient un brancard, et sur le brancard un homme étendu sans mouvement.

Un cri déchirant s'échappa de la poitrine de Chérie : elle avait reconnu Frédéric. A ce cri, l'homme étendu sur le brancard se souleva péniblement.

Celui-là se mourait pour la fille ingrate et fugitive de Franz Steibel, et celui-là, tout seul pourtant, parmi les étudiants de Tubingue, éleva sa voix faible pour répondre à Chérie. Le vent du soir l'apporta aux oreilles de la jeune fille, cet adieu sourd et brisé, comme le dernier soupir d'un homme à la mort :

— Adieu, Chérie!

Et Chérie retomba, privée de sentiment, au fond du carrosse, emportée vers le Schwartzwald par le galop des quatre chevaux du colonel baron de Rosenthal.

11

PAYSAGES, CARACTÈRES ET PORTRAITS

Dans la partie orientale de la Forêt-Noire, à quelques lieues de Freudenstadt, sur le prolongement du Kniebis, dont le sommet, couvert de neiges éternelles, domine toute la contrée, un grand vieux château s'élève au milieu d'un sombre horizon de pins : un château à murailles et à créneaux, qui a sa tour du Midi et sa tour du Nord, ses glacis escarpés, ses chemins couverts, son pont-levis sur des fossés profonds et son donjon pointu qui poignarde le ciel nuageux de la Souabe.

La Forêt-Noire est aussi fertile en merveilleuses légendes que le Harz lui-même. Les fantômes dansent sous ses pins énormes dans les cavernes de Pludentz, comme aux sommets granitiques du Finstermunz. La nuit, quand la brume s'élève vers la source du Danube, quand la lune tremble dans l'eau froide et calme des petits lacs, la troupe des ondines glisse le long des flancs de la montagne, et l'on entend dans les sentiers déserts le galop mystérieux de ce cheval à tous crins qui emporte les morts voyageurs : les morts de la poésie allemande, *les morts qui vont vite!*

D'étranges voix gémissent dans les grottes où s'engouffre le vent; les sapins, toujours verts, agitent leurs grands bras avec un craquement monotone; au loin l'écho apporte le chant du bûcheron, dont la mesure est marquée par la cognée; et là-bas, cette colonne de vapeur qui s'échappe du toit de la cabane, et que blanchissent les rayons de la lune, ressemble à un spectre colossal dont la tête, enveloppée d'un suaire, va se perdre parmi les étoiles.

C'est la patrie du brouillard merveilleux, surtout cette portion du Schwartzwald qui appartient au royaume de Wurtemberg, et qui descend jusqu'au coude formé par le Neckar, à la hauteur d'Eberbach.

L'autre versant de ces montagnes, enclavé dans le pays de Bade, est plus abrupte, plus pittoresque peut-être, mais se dressent déjà du voisinage trop immédiat des salons de conversation, du casino et des tables de roulette.

La poésie s'enfuit dès qu'elle entend coasser le jargon des gentlemen touristes; la poésie ne peut pas vivre dans le voisinage de ces drôles de petites choses qui entretiennent la verve des historiographes de la mode. Quand les heureux *foreign-reporters* de la presse s'écrient chaque année avec un esprit toujours nouveau, mais sans renouveler leur formule bien-aimée : « Paris est aux eaux! », la poésie, un instant égarée dans la plaine, essuie ses beaux pieds d'albâtre et s'envole vers les âpres sommets.

Elle s'envole en fermant les yeux, pour ne point voir les couteliers de Birmingham, qui ont des berlines de prince et qui se font appeler *mylord*, pour ne point voir les petites dames parisiennes, déguisées en comtesses, éblouir les coiffeurs russes métamorphosés en princes; — elle s'envole en se bouchant les oreilles pour ne point entendre cette voix de l'or déloyal qui grince sur le tapis vert sa chanson de sirène; elle s'envole pour laisser le champ libre à toute cette aristocratie mi-partie de bon crû, mi-partie frelatée moitié de chevalerie, moitié d'industrie, à toute cette jeunesse dorée qui montre le cuivre au moins par quelque bout et qui vient prendre possession, vers le commencement de l'été, du galant coupegorge qu'on nomme le grand duché de Bade.

Et tous ceux qui ne vont pas là pour jouer comme des coquins ou comme des idiots, la poursuivent cependant avec acharnement, la belle poésie envolée; petites ladies au teint pâle, petites dames aux joues roses et souriantes, fiers cavaliers campés sur la hanche et retroussant leur moustache pacifique, sont pris dès la frontière d'une poétique fièvre et ne rêvent plus que grands bois, fleuves profonds reflétant l'azur du ciel, pics escarpés, cascades écumantes.

Et ils vont partout avides, partout curieux, partout demandant à l'usurier germain sur la route :

— Où est-elle? où est-elle, cette poésie que nous n'avons jamais rencontrée au boulevard de Gand ni même au bois de Boulogne?

Le Germain voudrait bien en avoir à vendre, mais il n'a que de la saucisse fumée, de la bière aigre et du jambon cru.

Nous-mêmes, saurions-nous répondre? Elle est là-bas, la poésie, là-bas où vous n'êtes point; si vous y allez, elle n'y sera plus. Non pas vous, oh! non, certes, belle dame, mais ceux qui vous suivent; votre cour si gantée, ces messieurs si bien à cheval, ces héros de petits comités, ces sportsmen et ces poètes!

Hélas! oui, ces poètes. Quand les poètes sont d'un certain acabit, quand ils sont de force à plonger tel salon dans l'extase, ce sont eux surtout qui font fuir la poésie.

Je pencherais à croire que la poésie préfère aux poètes le gros coutelier de Birmingham et ces marchands de poisson millionnaires eux-mêmes qui apportent sur le continent la peste de Londres.

Le pays de Bade (1) sera bientôt usé comme la Suisse. En attendant, la Forêt-Noire wurtembergeoise ne connaît pas encore les raffinements de notre civilisation touriste, c'est tout bonnement la grande fabrique du charbon d'érable et du brave kirschwasser. Charbonniers et gentilshommes y vivent la vie de leurs pères : les charbonniers trop noirs et les gentilshommes trop arriérés.

Il est vrai qu'entre ces deux classes, une classe nouvelle naît et grandit tout doucement; c'est la bourgeoisie judaïque, qui achète à bon marché les biens des gentilshommes imprudents et les bras des charbonniers nécessiteux. Elle fait sa pelote là, comme partout; elle bâtit au milieu de cette nature magnifique et triste des maisons blanches, lourdes, laides et commodes; elle décime les bois et convertit les splendeurs du paysage en thalers de vingt-quatre bons gros qu'elle compte et recompte avec bien du plaisir. Il suffit d'un tout petit vers pour gâter

---

(1) Tout ceci était écrit avant la guerre.

le plus gros fruit du pommier; les bourgeois du Schwartzwald verront la fin de ces forêts immenses qui semblent
éternelles.

Presque toujours, en face de ces vieux châteaux dont
les murailles fières branlent et vont tomber en ruine, on
voit jaillir du sol quelqu'une de ces maisons blanchâtres,
robustes et trapues. Elles sont là qui attendent; et, je
vous le dis, dans leur laideur, elles ont je ne sais quel
air de méchante éternité.

Quand on se place entre la maison, qui semble une
excroissance fâcheuse au flanc de la montagne, et le
château noble qui porte si dignement son grand âge, on
se prend à penser avec une suprême tristesse que le
monde déchoit fatalement sur ses derniers jours, et que,
suivant l'expression de Victor Hugo : *ceci tuera cela.*

C'est peut-être la loi de nature. Et de quoi s'engraissent,
en effet, les chenilles, sinon de la substance des fleurs?

Notre vieux château, à nous, celui dont nous parlions
aux premières lignes de ce chapitre, ne tombait point en
ruine; il s'asseyait paisiblement entre ses douves transformées en jardins, et pas une pierre ne manquait au
capricieux ensemble de ses murailles. Du haut des tours,
la vue était libre, aucune de ces maisons blafardes,
verrues de la montagne, ne se montrait au-devant de sa
façade. Seulement, sur la droite, loin, très loin, au centre
d'une clairière, il y avait une bâtisse carrée qui semblait
toute neuve. Mais cette maison bourgeoise, bâtie avec un
certain goût, au milieu d'une propriété considérable, ne
s'en prenait point à l'orgueilleuse forteresse; elle semblait
se cacher humblement dans le beau paysage qui l'entourait et tourner le flanc avec discrétion au château qui,

quelque cent ans auparavant, aurait été son suzerain.

La maison blanche s'appelait le *Sparren* (le Chevron), par allusion au commerce de celui qui l'avait fait bâtir. C'était un de ces négociants en bois qui confient des trains énormes au Neckar, à l'Enz, à la Nagold ou à la Glatt, pour les porter au Rhin, lequel les conduit jusqu'à Mannheim. Ce brave homme, dont nous avons peu de chose à dire, était mort insolvable, et ses créanciers faisaient vendre son domaine.

Depuis quelques jours, beaucoup d'étrangers venaient dans le pays pour visiter le Sparren. Mais un bruit courait sourdement : on disait que trois charbonniers de la montagne, les frères Braun, voulaient acheter à bas prix la maison du défunt et qu'ils avaient juré de faire un mauvais parti à quiconque mettrait la surenchère. Or, les trois frères Braun étaient la terreur de tout le canton; chacun savait bien que leur cognée abattrait au besoin la tête d'un homme aussi facilement qu'une branche d'arbre. Les acquéreurs étrangers toujours avertis dès leur arrivée, s'en allaient comme ils étaient venus.

La forteresse antique s'appelait le château de Rosenthal. Au dedans et au dehors du château, tout parlait de la puissance de cette famille de Rosenthal, démembrement des Guelfes de Souabe, et dont l'ancienneté se perd, à la lettre, dans la nuit des temps. L'édifice principal ou corps de logis datait du quinzième siècle : c'était une construction bizarre dans sa lourde naïveté; quelque troupe errante de ces maçons dont la fin du quatorzième siècle vit se former les associations, avait dû passer dans ces montagnes, par fortune; car le donjon, piqué de côté, au midi du bâtiment central, présentait déjà quelques intentions hardies, et ses étroites fenêtres se terminaient par ces arcs renversés qui remplacèrent au siècle suivant les deux lignes brisées de l'ogive.

Les remparts et les tours qui flanquaient primitivement cette seigneuriale demeure avaient été détruits et réédifiés dans un style plus moderne. Vers les derniers temps, on avait ajouté en dehors des murailles des communs d'une vaste étendue, qui rejoignaient les fermes et bâtiments d'exploitation forestière. Cela formait comme un village à qui la chapelle du manoir, véritable bijou d'architecture gothique, servait de paroisse.

Autour de tout cela, aussi loin que le regard pouvait s'étendre, la terre était le domaine de Rosenthal. Il n'y avait à rompre ce riche ensemble que l'enclave étroite où s'élevait la maison de feu le marchand de sapins. Tout dernièrement, au temps des guerres, le père du baron de Rosenthal avait aliéné cette partie de son domaine pour lever un régiment de montagnards qu'il avait mené à l'empereur d'Autriche; car si Guillaume de Wurtemberg, qui ne portait pas encore alors la couronne royale, restait en paix avec Napoléon, ses sujets, nobles, étudiants et paysans combattaient volontiers sous la bannière des puissances coalisées.

Nous l'avons dit, les anciennes douves étaient transformées en jardins. Vers l'ouest, au-delà de ces frais parterres, des bosquets, disséminés dans de larges pièces de gazon rejoignaient une forêt de pins par-dessus les hautes cimes desquels on voyait la tête blanche et coiffée de brouillard du mont Kniebis.

La forêt de pins s'arrondissait vers le nord, où une grosse roche de grès rouge, penchée au-dessus d'un torrent faisait chute de la base de cette roche à la prairie plate et fertile qui entourait le manoir du côté du nord-est. En toute saison, les grands bœufs de Souabe, les chevaux libres et ces chèvres barbues qui semblent toujours des animaux sauvages égarés trop près de la demeure des hommes, animaient ce vaste tapis de verdure, car la forêt du côté du nord, le Kniebis vers l'ouest, protégeaient l'heureuse vallée contre les vents d'hiver, qui, dans tout le reste de la contrée, prolongent les frimas depuis le commencement de l'automne jusqu'à la fin du printemps. Au sud-est, enfin, sur le penchant de la montée qui allait rejoindre au loin un modeste affluent du Neckar, c'était un paysage plus riant, coupé de bosquets de hêtres, d'érables et de sorbiers, derrière lesquels tranchait le noir feuillage des sapins.

Tout cela était calme, tous ces aspects divers avaient un caractère commun d'immense étendue; de quelque côté que l'œil se tournât, l'horizon se reculait, embrassant un espace énorme.

La grandeur a toujours sa tristesse : le château de Rosenthal et ses environs étaient tristes. Quand nous avons prononcé le mot *riant*, tout à l'heure, c'est par comparaison seulement et en songeant, peut-être, à ce mélancolique sourire qui serre le cœur presque autant que les larmes.

C'était au château de Rosenthal que la pauvre reine Chérie habitait depuis trois semaines. Elle avait, Dieu merci! assez de compagnie dans le sévère manoir; et si elle regrettait sa petite chambre mignonne de la Maison de l'Ami, à Stuttgard, ce n'était pas faute d'être honorée, choyée et fêtée par les vassaux de M. le Baron.

Voici, du reste, quel était le personnel du château.
D'abord, le conseiller privé honoraire comte Spurzeim,
qui était établi là de fondation, parce qu'il avait servi
de tuteur au baron, fils de sa sœur. La chronique prétendait que ce mariage du dernier Rosenthal avec la sœur de
Spurzeim était purement une mésalliance. Spurzeim
portait le titre de comte, on ne savait trop pourquoi. Son
origine était couverte de ces nuages fabuleux qui enve-
loppent la naissance des peuples. Il en était à peu près
de même de sa fameuse carrière diplomatique. Nul
n'aurait pu spécifier les postes brillants qu'il avait
occupés dans les chancelleries étrangères.

Le crédit de Rosenthal lui avait valu son titre de
conseiller privé. Il avait trempé très adroitement dans
cette conspiration de cour dont son neveu avait été la
victime. C'était pour lui la moindre des choses que de
trahir. Quand il avait passé vingt-quatre heures sans
commettre une bonne petite infamie, il disait comme
Titus : « J'ai perdu ma journée! »

Sa biographie, qui avait paru dans l'Almanach de
Stuttgard, et que ses ennemis l'accusaient d'avoir un peu
rédigée lui-même, s'exprimait ainsi : « Le comte est un
esprit fin, délié à l'excès, sans préjugés, sans faiblesses.
La longue habitude qu'il a des travaux diplomatiques, son
admirable connaissance des choses et des hommes font
de lui un caractère à part. C'est *un homme du dix-
huitième siècle*, une tête à la Voltaire.

« On l'accuse d'être un sceptique. Il l'avoue hautement
et s'en fait honneur; mais il avoue aussi que la religion
et certaines vieilleries morales sont bonnes encore pour
brider le vulgaire.

« Le royaume de Wurtemberg possède en lui un homme d'Etat hors ligne, que les affaires n'ont point usé. Le portefeuille des relations extérieures lui est certainement dévolu dans un avenir prochain.

« Faut-il ajouter que, comme tous les diplomates célèbres, le comte a une conversation vive, spirituelle, étincelante? que son entretien abonde en mots profonds et inattendus? que son esprit clairvoyant et légèrement sarcastique, etc. »

Dans un autre passage, l'autobiographe déclarait, avec une visible complaisance, que M. le Comte avait au fond de sa nature une certaine scélératesse mignonne et féline, une certaine perfidie philosophique qui le faisaient de plus en plus ressembler à M. de Voltaire. Partout on sentait que la prétention du bonhomme était d'être tortueux et glissant comme une anguille, de n'avoir ni foi, ni loi, et de ne point reculer au besoin devant les actes qui effrayent le commun des consciences.

Ceci est un genre de badauderie singulièrement dangereux et moins rare qu'on ne le pense. Nombre de nigauds confondent la finesse avec la méchanceté, comme ils prennent le blasphème idiot pour un symptôme de force intellectuelle. Un nigaud ainsi fait est capable de tout.

Le comte n'avait jamais été riche. Son naturel astucieux et pointu l'avait entraîné dans des opérations si subtiles, que sa petite fortune se trouvait réduite à l'état le plus diplomatique. Il ne s'en apercevait point trop, grâce à la délicatesse de son neveu; il était comme chez lui au château de Rosenthal. Vous eussiez dit, en vérité, le maître de la maison.

Son portrait trônait dans le salon, en costume de ville et en sourire à la Voltaire. Son portrait décorait la galerie en habit de cour, avec le regard voilé de M. de Talleyrand. Enfin, son portrait en grand uniforme diplomatique et orné de la propre grimace favorite du prince de Metternich, faisait l'orgueil de la salle à manger. Il avait eu le désir toute sa vie de posséder un quatrième portrait synthétique en quelque sorte, un portrait qui eût réuni la grimace du prince de Metternich au regard madré de Talleyrand, au sourire patelin et moqueur de Voltaire, mais il n'avait pas encore trouvé d'artiste assez habile ou assez osé pour entreprendre ce difficile travail.

Par rang d'âge, après le diplomate fort, venait la lauréate Concordia, baronne de Rosenthal, chevalière des ordres de Louise de Prusse, de Sainte Elisabeth de Bavière, et tante germaine du colonel des chasseurs de la garde.

La lauréate Concordia se vantait de n'avoir encore que cinquante-six ans. C'était une figure allemande au premier chef, longue, osseuse, jaunâtre et empruntant quelque chose de chevalin au jeu violent de ses mâchoires trop développées. Elle avait dû être assez laide dans sa tendre jeunesse; à l'époque où se passe notre histoire, cela ne paraissait pas beaucoup : l'âge efface et use ces masques redoutables. Désormais, les cheveux ardents de Concordia tiraient sur le gris; ses dents menaçantes, qui relevaient jadis la pâleur de ses lèvres minces, étaient tombées. Elle n'avait plus cette démarche virile et dégingandée des beaux jours de sa force. C'était maintenant une respectable dame, haute et sèche comme un mât de cocagne, s'occupant avec fruit de sciences, de littérature et de politique. Son poème épique, intitulé *la Witikin-*

diade avait obtenu une palme de bronze de 2ᵉ classe aux jeux olympiens de Weimar.

La lauréate Concordia était en outre l'auteur de plusieurs tragédies et de *l'Essai sur les différences essentielles des blasons allemand et français*, ouvrage dédié aux gens du monde. Je ne sais pas pourquoi les gens du monde se donnent le tort de ne jamais accepter le patronage des livres qu'on leur offre ainsi avec tant de courtoisie.

Parmi la noblesse des environs, il y avait de petits cancans sur Concordia : on disait qu'elle espérait toujours épouser son allié le comte Spurzeim, qui avait été sa première et son unique inclination. Cela datait d'une quarantaine d'années; durant ce long espace de temps, la diplomatie du conseiller privé honoraire avait su entretenir cette ambition sans jamais la couronner ni la décourager.

Vers les derniers temps, Concordia s'était vue enfin tout près d'atteindre le but poursuivi depuis tant d'années. Au moment où le mariage du baron de Rosenthal avec sa cousine Lenor avait été décidé, le comte Spurzeim s'était rejeté brusquement et de bonne foi du côté de la digne lauréate; mais l'exil de Rosenthal était venu rompre le mariage, et un nouvel espoir avait pu naître dans le cœur du diplomate fort. La comtesse Lenor était puissamment riche.

C'est ici que brilla dans tout son lustre l'esprit délié de M. le Comte. Il y avait un certain péril à mécontenter Concordia, et cependant, de deux choses l'une, il fallait revenir sur les avances faites ou bien sauter le fossé.

C'était le moment des affaires de Grèce. Les martyrs de

Missolonghi n'avaient pas jeté encore ce cri d'angoisse et de triomphe qui mit debout la chrétienté; mais de sourdes rumeurs parcouraient l'Europe, et tous ceux qui prétendaient à l'honneur douteux d'avoir un « sens politique » embrassaient de loin le parti du Divan ou le parti des trois Montagnes : ainsi appelait-on poétiquement le pays grec enfermé entre l'Ossa, le Pélion et l'Olympe.

La lauréate Concordia, femme savante et tragique, ne pouvait manquer d'être Grecque enragée; ne fût-ce que par considération pour Homère, elle devait haïr la tyrannie ottomane : aussi prit-elle parti dans cette querelle avec une ardeur incroyable. Elle acheta le portrait d'Alexandre Ypsilanti, le portrait de Jacques Tombasis et le portrait du général Odyssé. Elle chercha, sans pouvoir se les procurer, les portraits de Dikaios et de Phaseas; elle mit sur sa pendule le buste héroïque de Constantin Canaris; elle fit broder, dans la ruelle de son lit, la bannière d'azur à la croix d'argent, drapeau de l'insurrection:

Ce que voyant, le diplomate fort se frotta les mains et se fit Turc. Tout fut dit : la querelle politique couvrit la retraite matrimoniale. La croix des Hellènes ne pouvait pas évidemment s'allier au croissant de Mahomet.

Concordia qui, malgré ses petits ridicules, était bien le cœur le plus digne et le mieux placé du monde, regretta son bonheur perdu, mais ne retourna point sa cocarde. Elle ne se doutait guère, l'excellente dame, du marché d'or qu'elle faisait!

Après le comte et la lauréate, venait Rosenthal, qui était, par le fait, le chef de la famille, mais qui ne se prévalait nullement de ce titre. Rosenthal était un homme foncièrement bon, brave jusqu'à outrepasser les témérités chevaleresques, généreux, aimant, dévoué quoique faible, mais ennemi de la réflexion, et partant facile à tromper. Rosenthal avait l'esprit trop pénétrant pour garder à son digne oncle une confiance illimitée, mais il se laissait aller par fatigue et par mollesse; il prenait les choses comme on les lui donnait, ne voyant jamais que l'apparence et prêtant le flanc à toutes les petites intrigues qui se nouaient autour de lui.

C'était un attachement d'enfance qui liait Rosenthal à Lenor; mais depuis la fête des Arquebuses au village de Ramberg, toutes relations entre les deux jeunes gens semblaient définitivement rompues. Rosenthal avait demandé au roi Guillaume la permission d'épouser Chérie, et de son côté Lenor avait accordé sa main à l'heureux comte Spurzeim. La réponse du roi s'était fait attendre, parce que Guillaume avait pour le baron de Rosenthal une affection véritable et qu'il soupçonnait un coup de tête; mais enfin la réponse était venue, et la réponse était favorable.

Rosenthal paraissait enchanté; Lenor faisait contre fortune bon cœur et ne pleurait guère qu'en cachette. Tout se préparait, au château, pour le double mariage; jamais on n'avait cueilli tant de bouquets dans le jardin de Rosenthal, jamais dans le village on n'avait entendu tant de chansons.

Malgré le chagrin qu'elle avait de perdre un soupirant si ancien, la lauréate Concordia ne pouvait laisser échapper cette occasion de rimer un épithalame. Le mariage de Rosenthal avec Chérie lui semblait bien un peu aventureux, mais elle idolâtrait son beau neveu, et d'ailleurs, ceux qui aiment les alexandrins se consolent, dit-on, de toutes choses en puisant à la source d'Hippocrène.

Tout le monde était donc content ou à peu près. Il ne nous reste plus à parler que de Chérie.

On se tromperait si l'on se représentait Chérie au château de Rosenthal comme une pauvre enfant timide et dépaysée au milieu de gens qu'elle sent au-dessus d'elle. Chérie était en effet une exilée, et Chérie, par l'âge, était presque une enfant. Un hasard romanesque, et que le calcul humain n'aurait pu prévoir, l'avait jetée tout à coup dans cette demeure seigneuriale, parmi des mœurs qui n'étaient point les siennes, parmi des habitudes qu'elle ne soupçonnait même pas, la veille de son départ de Ramberg. Mais Chérie n'était point une paysanne. Peu importait son ignorance de tel ou tel détail d'étiquette; Chérie avait vu le monde à sa façon, d'un peu loin, il est vrai, mais avec ce coup d'œil sûr qui rapproche les objets et qui perce les voiles; son étonnement ne pouvait être ni de la confusion, ni de la gaucherie.

Nous savons bien qu'une chose particulièrement intéressante est précisément cet embarras du gentil oiseau sauvage, enfermé tout à coup dans la volière civilisée; mais nous ne pouvons pas faire Chérie autrement qu'elle n'était. La bizarrerie de son existence même l'avait habituée de bonne heure à regarder d'un œil intrépide toutes sortes d'aventures; elle était aguerrie par le roman de ses premières années. Le grand ton du château de Rosenthal, la diplomatie du vieux comte, l'imposante dignité de la lauréate ne pouvaient absolument rien sur elle. Au milieu de toutes ces choses inconnues, elle avait été à sa place dès le premier jour, parce qu'elle était femme dans la plus haute acception du mot, c'est-à-dire intelligente et modeste à la fois, hardie sous sa décence de jeune fille, vaillante derrière sa douce timidité; c'est-à-dire spirituelle, distinguée par un don de Dieu même, et possédant, de science infuse, toutes les grâces courtoises.

C'est là une portion de la beauté même! on n'est pas belle au même degré que Chérie et de la même façon pour venir trébucher contre ces petits écueils où se prennent toujours les gros pieds des paysannes parvenues. Pour passer de sa retraite mignonne, où la partialité de messieurs les étudiants la gâtait naguère et aurait pu la faire si ridicule, pour passer de plain pied, disons-nous de cette retraite dans un noble salon, Chérie n'avait pas besoin de se transformer, il lui suffisait de rester elle-même. Sans rien emprunter à ses hôtes, elle était leur égale, tout naturellement, et demeurait vis-à-vis d'eux aussi exempte de gêne que de forfanterie.

Nous ne voulons point dire qu'elle fût à son aise et heureuse; nous nous bornons à dessiner sous ce jour nouveau les lignes calmes et toujours belles de sa physionomie.

Heureuse? Chérie ne pouvait pas l'être, car elle avait un cœur d'or, la première affection ne devait s'éteindre qu'avec la vie. A part même ses souvenirs tristes et doux. Chérie, l'enfant libre comme l'air, habituée aux franches tendresses de cette famille étrange, mais dévouée, qui l'aimait tant, Chérie ne pouvait pas être heureuse entre les murailles froides de la forteresse...

Elle était grave autrefois; du moins l'avons-nous bien souvent rencontrée pensive. Mais c'était la pensée de son isolement qui la faisait ainsi, et je ne sais quelle délicatesse d'esprit au-dessus de son âge. Au fond, Chérie était gaie, comme tous ceux qui sont jeunes, qui sont forts et qui se regardent volontiers dans le miroir de leur conscience.

L'atmosphère qui l'entourait maintenant était glacée et sentait le renfermé. Le baron de Rosenthal, parfait gentilhomme, remplissait avec bonne foi ses devoirs envers elle; il avait promis de l'épouser, il se mettait en devoir de remplir sa promesse. Il la trouvait belle, vraiment belle à ravir, mais il ne la comprenait point, et son cœur se tournait, malgré lui, vers Lenor, qui devenait pâle à force de pleurer son bonheur perdu.

Le baron de Rosenthal ressemblait à une foule de braves garçons que vous connaissez tout aussi bien que moi; il voyait sa situation fausse, le moyen d'en sortir ne se montrait point à lui, et il se laissait conduire tout bonnement, trouvant le pis-aller passable et s'éveillant à de longs intervalles pour murmurer ce grand mot des apathiques : *peut-être.*

Telle était du moins la conduite qu'il croyait et qu'il voulait tenir. Seulement, il se prenait, pour la première fois de sa vie, à trouver pitoyables sur le visage expressif de son vénéré oncle la grimace du prince de Metternich, le regard du prince de Talleyrand et même le sourire de Voltaire. Il se serait fâché si on lui eût dit qu'il était jaloux de son oncle. mais franchement il aurait eu grand tort.

Concordia traitait Chérie avec une bienveillante condescendance. Deux ou trois fois, elle avait poussé l'amabilité jusqu'à prier Chérie de l'accompagner au piano, tandis qu'elle jouait des romances françaises sur le violon, qui est l'instrument des ba onnes allemandes adonnées à la tragédie.

Quant au comte Spurzeim, il entourait de prévenances et de caresses la fiancée de son cher neveu; il avait donné à tous les subalternes du manoir l'ordre de prévenir les moindres caprices de Chérie, et faisait la presse parmi ses vassaux pour qu'il y eût toujours sur le passage de la jeune fille des paysans et des paysannes en costume d'opéra-comique et chargés d'énormes bouquets. Chérie, ne l'oublions pas, était la meilleure carte de son jeu.

Chérie n'avait donc, à proprement parler, qu'un seul ennemi au château de Rosenthal : c'était la charmante comtesse Lenor. Lenor voyait en elle, à juste titre, la cause de son malheur; Lenor la fuyait et la détestait : et, justement, Lenor était la seule personne du château vers qui s'élançât le cœur de Chérie. Il y avait entre les situations extérieurement si différentes des deux jeunes filles une conformité réelle qui échappait à Lenor, mais que Chérie sentait vivement. Plus d'une fois, Chérie avait essayé de se rapprocher de Lenor, mais la jeune comtesse s'était détournée avec horreur, et Chérie était fière.

Le dîner de chaque jour présentait au manoir un aspect curieux et caractéristique au plus haut point. Il ne brillait pas par la gaieté, mais on y pouvait faire des observations profitables. Le chapelain récitait au début la prière rituelle, puis chacun prenait place; Rosenthal entre la lauréate et Chérie, le comte Spurzeim après la lauréate, et Lenor après le comte.

Pendant le potage on parlait un peu des affaires du pays, et le comte lançait quelque anathème contre le défunt marchand de bois qui avait bâti une maison si près du manoir de Rosenthal. Il n'est pas inutile de dire que le vieux Spurzeim était l'héritier présomptif du baron, à supposer que celui-ci vînt à mourir sans descendance directe; en suivant l'ordre de la nature, le diplomate fort avait certes bien peu de chances d'entrer jamais en possession de cet héritage, mais on ne peut pas savoir. Toujours est-il que la maison blanche appelée le Sparren l'offusquait et le gênait. Le moulin de Sans-Souci ne donna pas plus d'insomnies à Frédéric de Prusse, et ceux qui connaissaient le vieux Spurzeim devaient s'étonner qu'il n'eût pas encore tourné de ce côté les foudres de sa diplomatie.

Après qu'on avait parlé des étrangers venus pour visiter le Sparren, du mauvais vouloir des bûcherons et des menaces des trois frères Braun, menaces sur lesquels le comte appuyait toujours avec une sorte de complaisance, on attaquait franchement la question gréco-turque. Concordia déployait sur ce sujet ses connaissances géographiques et militaires : elle mettait en marche les armées, ouvrait la tranchée sous les murailles des villes, levait l'ancre des flottes et massacrait les janissaires.

Pendant cela, Rosenthal et Chérie échangeaient quelques rares paroles. Au lieu de soutenir les Turcs, comme c'eût été son devoir, le comte Spurzeim faisait sa cour à Lenor, qui l'écoutait avec distraction.

Puis, quand les *grâces* avaient été prononcées, Lenor s'éclipsait en toute hâte, afin de ne point entendre Rosenthal offrir son bras à Chérie pour la promenade du soir. Chérie s'excusait et regagnait son appartement. La lauréate, victorieuse sur toute la ligne des forces ottomanes, allait prendre son violon et célébrait son triomphe sur la quatrième corde. Le comte et le baron restaient en présence.

— Eh bien, mon neveu?... demandait Spurzeim.

— Eh bien, mon oncle? répliquait Rosenthal.

Le bonhomme buvait sa dernière gorgée de moka, Rosenthal prenait son chapeau, et ainsi se terminait ce pénible entretien. Le lendemain, cela recommençait.

Nous n'avons pas besoin de dire que cet agréable moment du repas commun formait comme une solution de continuité dans la vie de Chérie; elle y paraissait aussi digne, aussi sérieuse, aussi poupée qu'une vraie petite baronne d'Allemagne, mais son esprit était ailleurs.

Chérie ne vivait que dans sa chambre. Les premiers jours, elle avait sellé un cheval et s'était élancée tout heureuse dans ces noires forêts qui grimpaient aux flancs de la montagne; mais elle s'était aperçue bien vite qu'un grand diable d'écuyer trottait derrière elle, par ordre du comte Spurzeim, et le cheval était désormais resté à l'écurie. Elle avait voulu se promener à pied dans le parc admirable qui entourait le château; une demoiselle de compagnie, raide et blonde comme une quenouille, que la sollicitude du comte attachait à ses pas, l'avait dégoûtée de la promenade.

Ceci n'était pourtant pas un obstacle insurmontable, car Chérie pouvait distancer la demoiselle et se perdre dans les sinuosités du parc; mais alors, autre galanterie du vieux comte : au détour des sentiers, des paysans et des paysannes portant des charges de bouquets venaient offrir leurs hommages à la future baronne et lui réciter d'intolérables compliments. Chérie avait renoncé au parc comme elle avait renoncé à la forêt.

C'était le matin et le dernier jour de la troisième semaine depuis la fête de Ramberg. Chérie venait de se lever, et, comme de coutume, sa première parole avait été pour demander :

— Y a-t-il des lettres à mon adresse?

Il n'y avait point de lettres. Chérie s'assit à son piano et ses doigts distraits coururent sur les touches. L'instrument se prit à chanter avec mélancolie et lenteur ce refrain si joyeusement répété autrefois :

> Je suis la pupille
> De messieurs les étudiants,
> De bons enfants, etc.

Chérie devint plus triste en écoutant cet air, et retira ses mains qu'elle croisa sur ses genoux. C'était sa pensée même qui venait de prendre une voix malgré elle et de lui parler tout à coup. Elle avait les yeux baissés et sa poitrine émue se soulevait par bonds précipités. Ses paupières battirent.

— Non! s'écria-t-elle en repoussant son tabouret brusquement, je ne veux plus pleurer!

Et elle ne pleura pas; ses paupières, relevées, montrèrent ses beaux yeux tristes mais sans larmes. Il y avait devant sa fenêtre une terrasse triangulaire faisant partie des anciennes fortifications; cette terrasse donnait sur la vallée et dominait tout le cours du Neckar. Chérie avait demandé qu'on y plaçât un télescope : avec le télescope elle voyait une étendue de terrain considérable et pouvait découvrir à perte de vue le coteau arrondi où s'élevait le village de Ramberg.

Derrière le coteau, il n'y avait plus que des nuages, mais dans ces nuages, Chérie devinait le vieux clocher de Tubingue et la petite maison gothique, au devant de l'église, où elle avait pris par la main Frédéric, tout tremblant et tout pâle, pour le présenter à messieurs les étudiants.

Chérie était bien souvent sur cette terrasse, et son œil ne quittait guère la lentille du télescope; là seulement elle se trouvait heureuse, parce que là seulement elle vivait entourée de ses souvenirs.

Ce matin-là, elle ouvrit la fenêtre et descendit sur l'ancien bastion où déjà glissaient les pâles rayons du soleil levant.

— Vingt et un jours! murmura-t-elle, et pas un mot de lui! Je sais pourtant qu'il n'est plus malade... Folle que j'étais!... Et, folle que je suis! reprit-elle avec colère contre elle-même, ne suis-je pas trop avancée pour reculer?

Ainsi parlait-elle, la reine Chérie : mais elle mit son œil au télescope braqué dans la direction de Ramberg, et son œil interrogea avidement la route qui se déroulait comme un étroit filet blanchâtre dans les sinuosités de la vallée. (1)

FIN DE LA REINE DES ÉPÉES

---

(1) L'épisode qui fait suite et termine ce roman est intitulé :
CHERIE !

TABLE DES MATIÈRES

Impr. d'Editions, 9, rue Edouard-Jacques, Paris. — 10-26